勞美玉詩文集

勞美玉 著

勞美玉簡歷

　　勞美玉，1950年出生於澳門，成長於香港。香港雅麗氏‧那打素護理學院畢業，英國皇家音樂學院高級樂理證書，多倫多 The George Brown College of Applied Arts and Technology畢業。加拿大華裔作家協會會員，列治文中國書畫學會會員，國際詩人協會會員。

　　1980年代開始，在報刊文藝版發表詩作，1989年移居加拿大後，詩文題材著重寫加拿大生活，並開始翻譯新詩。詩文及譯作在《大漢公報》《加華作家》《加華文學》《湖畔文藝季刊》《楓華文集》《白雪紅楓》《楓雪篇》《泰華文學》等文藝刊物發表，著有詩集《新土與前塵》（合集）《勞美玉詩文集》。曾獲全球英文短詩創作大賽「傑出詩作獎」，英詩兩度入選「國際詩歌圖書館」出版之《The Sound of Poetry》朗誦磁碟。

書寫本土。書寫音樂（代序）
——論勞美玉的新詩和散文

韓牧

　　依據〈勞美玉簡歷〉所提供，找來發表她的作品的刊物，報紙有《澳門日報》、溫哥華《大漢公報》、《星島日報》；文學雜誌有《湖畔》、《加華作家》、《加華文學》、《泰華文學》；書籍有《白雪紅楓》、《楓華文集》、《楓雪篇》；以及她的詩集《新土與前塵》（合冊）。

　　綜觀她的新詩、散文，深刻感到有兩個特點：一是著重書寫本土，二是善於書寫音樂。

1.書寫本土

　　移民，尤其是新移民，一般都喜歡書寫原居地，這是人之常情，尤其在移民初期，對新土認識不足。也有一些在移民了十年、二十年後，仍然只是寫原居地，那是未能融入新土，對新土沒感情。而在勞美玉的詩文中，即使在移民初期所作，見不到寫原居地的題材，寫的都是加拿大本土，那是為甚麼呢？

　　她出生於澳門，童年時就遷居到香港，在香港渡過她的青少

年時期。她在七十年代中，從香港移居加拿大，在加東地區讀書和工作。後來她回流香港，八十年代末，她又回到加拿大，定居在大溫哥華的列治文。這樣看來，她的身份特殊，既是新移民，也是舊移民。也許因此，她早已融入加拿大社會，熱愛本土，所寫的全是加拿大題材，有濃濃的加拿大生活味。

例如組詩《清掃園地》寫家居生活，其中的〈除積草〉說：「清除正在發霉生苔的積草／像替自己做面部潔膚一樣／好讓冬雪 給塗上潤膚霜／明年春到／煥發另一個嬌嫩的容顏」。〈掃落葉〉說：「落葉呵 落葉／感謝你們／為我撐起／蓬勃的春季和茂盛的夏季」。〈牆上的常春藤〉說：「在最後一朵紅玫瑰的身旁／頑強的莖和葉／悄悄攀上／心想的高處／／在將要到來的那一個嚴冬／你每天帶給我／春天即將到來的消息」。

又如組詩《風箏節》中的〈學造風箏〉：「不是電子遊戲機／這輩子她會熱愛／引人入勝的土玩意／自我創造的幻想空間／比宇宙生動而寬敞」

以上這些，都是典型的加拿大生活。

加拿大地大人稀，人們與大自然接近，勞美玉的詩，往往描述天地的景象、季節的轉換、和寧靜的環境。如〈一閃流星〉說：「乍見頭上低空一團刺眼的白光／是一顆很大的流星拖一條白尾／一瞬即逝／快快快許個願望／／腦筋來不及想／只感到善良的心／許的總是好的願望／五十尺白尾的流星這一個美景／瞬間消失在茫茫宇宙中」。〈楓葉的轉變〉說：「寒風吹來／楓葉變換成新鮮的紅／爭先恐後／／那些趕不上的／好像還不認輸／勉強先變成淺綠／再慢慢變成鵝黃」。還有那首〈乍晴〉只有八行，寫黎明時的晨光的，詩人青洋女士讀了，給予讚賞：「喜歡勞美玉這首詩，那麼寧靜。」在勞美玉一些書寫音樂的詩中，也

常常見到她寧靜的心境，看來應該與她沉靜的性格有關。

　　她有的詩，寫現實社會所見，如組詩《橋港混聲小唱》，寫她居住的列治文市一個開業不久就廢棄的商場，詩中說：「**商場越來越破落／但這綠色的紀念碑越來越壯大／悼念這「橋港商場」**」。詩寫成後一年，地產易手，後來改建成大型賭場了。

　　她有一首詩題材罕見，是〈告別黎伯（黎紹聰）〉。黎伯是溫哥華德高望重、和藹可親、人人敬愛的長者。這詩就是悼念這位獲尊稱為「唐人街市長」的黎伯。

　　她的英文詩〈Spring comes to VanDusen Gardens in Vancouver〉，當然是書寫本土的了。

　　所謂書寫本土，不表示只寫加拿大，而是寫「在地」之意，寫腳踏之地。她到泰國，就即景寫了〈八十年的歷史〉、〈華欣的長灘〉。又寫了一首〈微笑之國〉：「**歡容 寬容／萬物對萬物寬容／在泰國／在這佛的國度**」，概括了泰國的民風。她到韓國開會期間，寫了〈五個韓國的女子〉，細緻描繪了韓國女子的風貌。

　　散文方面，她同樣只是書寫本土，如〈從蜜蜂想到的〉一篇，從宋代田園詩人范成大的一首詩寫起，「**詩中對八百多年前中國大陸農村的描述，在北美這城市也有近似的情景。**」〈長椅上的懷念〉及〈小銅牌的對話〉，寫本地人喜歡在公園、河畔供人休息的長椅，「**椅背釘上紀念先人的小銅牌，內容豐富，除了姓名和日期，還有心底話、詩句、諺語以至造像。**」她所在的省份，叫卑詩省（不列顛哥倫比亞省），本地人主要為英裔，她的〈英式下午茶〉、〈倫敦農莊的下午〉，寫本地人的習俗。

　　加拿大的居住環境比較寬舒，養貓狗的人很多，她愛貓、養貓，有幾篇關於貓的短文，寫得很有感情。

〈救救街樹〉一文說：「這個夏天，是溫哥華五十二年來雨量最少的。」「列治文市的街樹將有三百棵要枯死，」她呼籲說：「每個家庭、商戶，應該像鏟雪一樣，負責他們門前的街樹，用水桶灌澆，不讓它們枯死，」「請市民同心協力，救救街樹。」〈清幽不再〉批評華裔同胞缺乏公德心，說：「隨處是餅屑、廢紙、花生殼，鴨群野兔追人討食。遊人說國語的、滬語的、台語的、粵語的，絕大多數是華裔同胞。此情此景，我的親切感變成羞慚感了。」〈從PNE看社會風氣轉變〉說：「社會風氣的轉變，也在PNE（太平洋國家展覽會）顯現出來。我為大眾日漸遠離大自然而只趨機電可惜；感官刺激增加，卻失去了深度和創作力。」

從這些文章，可知她已融入在地，熱愛在地，專意在地，難怪她的詩文專寫在地，無意寫其它。

2.書寫音樂

勞美玉從小學習鋼琴，還考獲英國皇家音樂學院的高級樂理證書。她對音樂愛好廣泛，不論東方西方，不論古典流行，以至地方戲曲，都很有興趣。這愛好也反映在她的詩文中。

組詩《四月一日黃昏的隕星》是悼念張國榮的：「這是一個現代的傳奇：／一生追求完美的你／不經意地／用獨特的中性的鼻音／締造了又慰藉著／萬千個青色的年華／啊 誰捨得天邊的明星？」「在你王子般高貴的生命／透出與生俱來的／溫柔和親切／／半生風風雨雨的糾纏／內心的情愛仍未熄滅／你就斷然放下俗世塵緣」。

〈一月的炊煙〉是聽鄧麗君時引起的感受：「我隱隱看到／

滿天瑰麗的彩雲／伴著金燦燦的夕陽／／我頓時感到自己如輕煙升起／追隨著歌聲溶入／寧靜的宇宙中」

　　這詩，范軍教授很是讚賞，他說：「〈一月的炊煙〉真摯感人，詩中描寫的那種感受，心理學家稱之為巔峰體驗，是寧靜安詳至為美好的感受，形諸筆墨則動人悱惻。」

　　樂音沒有形象，是絕對抽象的，正因此，它可以讓任何形象代入，樂音進入人的耳朵，會使靈感產生，會生出連本人也沒有想到的、或斷或續的形象來。詩人感情豐富，更會有超凡的聯想和幻想。若能即時用筆記錄，就是一首異常的、奇妙的、出乎作者自己意外的詩。

　　勞美玉的〈秋夜聽曲浮想〉，或者可為例證。她的詩大多是簡短的，但這首近四十行。這詩寫得自然、無意、舒徐、起止無端，浮想連連，如月光下默默的溪流，堪稱是她的代表作。佳句如：「那首加了白砂糖的藍調／時而憂怨 時而濺起大大小小的浪花／帶著醉人的元素／／夜深了 靜得出奇／我突然注意起自己的存在／每一下呼吸 每一下心跳／一閃而過的靈感／／記得嗎？我說：十月／炫目而嫵媚的金色不再／因為瓷白的銀光／從月亮灑滿天上　人間」。

3.關於譯詩

　　除了創作詩文，她也譯詩。中譯英如韓牧組詩《蓮池七步》等，英譯中如 John Patrick 的《Poems》、盧因的科幻長詩《Two New Science Poems》等。

　　此外，漢學家王健教授（Prof. Jan Walls）很樂意以至主

動英譯她的詩，如〈一代一代的白樺〉、〈牆上的常春藤〉、〈乍晴〉、〈楓葉的轉變〉、〈一閃流星〉、〈告別黎伯（黎紹聰）〉、〈秋夜聽曲浮想〉、〈微笑之國〉、〈一月的炊煙〉等。

4.關於朗誦

據說，著名歌唱家駱輯琴讀到〈秋夜聽曲浮想〉一詩，很喜歡，主動在家裡朗誦這詩，將錄音電郵給她。駱女士朗誦得很有感情，全情投入，引人想像。勞美玉自己也常常公開朗誦，包括這首。據說梁麗芳教授對她自然淡定的朗誦風格，十分欣賞。

2020年3月

《勞美玉詩文集》自序

　　移民前在香港，我雖然也有寫詩、作文，但只是偶一為之。1989年12月移到溫哥華來，立刻接觸到「加拿大華裔作家協會」（那時叫「寫作人」，未叫「作家」），引起我寫作的興趣。

　　當時，有百多年歷史的《大漢公報》，附有一個專輯《加華文學》，感謝主編盧因會長的鼓勵，開始投稿。我不但創作，還嘗試翻譯，譯了加拿大本地詩人的英文詩。後來，盧因先生不但翻譯我寫的詩，也把他自己寫的詩，給我翻譯，對我的鼓勵，我是終生不忘的。

　　《大漢公報》停刊後，《加華文學》專輯移到《星島日報》，我也投了些詩。後來「加華作協」在《星島日報》開闢一個專欄，名《楓雪篇》，歡迎會員投稿，我也寫了一些散文。

　　「加華作協」辦過一本季刊，名為《加華作家》，是中英雙語的，我也在那裡發表了不少新詩、譯詩。

　　還有，「加華作協」一直與中山公園合作，辦一個「中英詩歌朗誦會」，每年秋天舉行，除會員外，還邀請不同族裔的詩人來，一同朗誦，規定每首詩都要中英雙語，並由詩人親自朗誦，我也常常參加。我有不少詩，都獲得我會顧問、漢學家王健教授（Prof. Jan Walls）及其夫人李盈教授（Prof. Yvonne L.Walls）代為英譯，是應該特別感謝的。此外，我詩〈微笑之國〉是寫泰國的，得到許秀雲老師的泰文翻譯，在此感謝。

　　總的說來，我的寫作、朗誦，都是由於「加華作協」的推

動。也算是緣份。

　　雖然我寫得不算多，但三十多年來，也積存了不少，最近我想到，詩文的原稿、剪報，以至在電腦上，很易散失，到底是自己的心血，總希望保存下來。出書，是最理想的方法了。於是搜集了多年來的所作、翻譯，選出一些自己覺得還可以的，編成這本書。

　　這本書將要完稿時，意外尋出我的一篇舊文，〈我平凡的人生〉，它詳細記錄了我童年、青少年時的生活，對我自己有紀念價值，相信讀者也會覺得有趣味，連忙收進書裡。

　　書前有韓牧寫的代序〈書寫本土。書寫音樂〉，這篇文章本來是一篇評論。兩年前，「加華作協」與《心聲》雜誌合作，在那裡設一個特輯，一系列介紹加華作家，每次詳細介紹一位，我有幸獲選。特輯規定，除簡歷、作品、照片外，要有一篇評論。這事來得匆促，一時找不到人寫評論，於是只好由韓牧急就成篇。可惜，特輯的全部稿件我在去年三月送出後，就來了個疫情，《心聲》停刊。現在要出書，正好把這篇評論，移作這書的代序，想來也是適當的。

　　書稿完成，放下心頭大石，算是完成了一件大事。只希望得到讀者們的指正。

　　除了寫作，我也愛書法。這本書的後面，附上我曾經展覽過的一些作品，還有自己練習寫《心經》的習作，留個紀念。感謝攝影家何思豪為我這些書法作品攝影，得以附在書中。

　　這書封面的書名題字、攝影照片和封底我的相片，都是韓牧的作品，多謝韓牧。

勞美玉　2021年12月24日。

目次
Contents

第二輯　英詩。譯詩

第三輯　散文

第一輯　新詩

記得嗎？　我說：十月
炫目而嫵媚的金色不再
因為瓷白的銀光
從月亮灑滿天上　人間

香港飛溫哥華途中

七月的午後
開始了旅程
好好地感受沒有盡頭的空間
嘗試用肉眼尋找彩虹的居處

飛上天空
像走上山坡
穿過雲層爬上去
它不停在搖動
是浮在海上的嗎？
用心靈看看這天然銀幕吧

有時甚麼動靜都沒有
飛機像釘牢在半空
它仍在前進嗎？
小孩開始不耐煩了　問：
快到了吧？　快到了吧？
幾時才見到機場呢？

大人說沒有那麼快　路還遠呢
見到綠地　見到田野
見到彎彎曲曲的河流

降落比高高的天空溫暖的人間
就著地了

小孩子有了兩三小時的體驗
就說坐飛機不好玩
下次不再坐了

但探訪彩虹的心願
是不能失去的
無止境的想像力
使人超脫出來
讓重覆的生活可以忍受
讓明天有更好的開始
讓本來平凡的人生
有點不平凡

1984年夏。

三重奏

上下迴轉
三隻風箏在高空中飛翔
一時如影隨形
一時互相穿插

用左手　用右手
用隨著腳步轉移而擺動的腰身
熟練地掌握著三條航道
輕輕畫出空靈的境界

頭髮斑白皮膚黝黑的洋漢
眼神關注著高空
表情和雙手的姿態
是大指揮家的風度

海邊大草坪上的人群仰視
眼睛靜聽
人生起伏的三重奏

【註】此詩是組詩《風箏節二題》中第一首。

2000年8月，卑詩省省日，加拿大溫哥華。

學造風箏

一個兩歲的小女孩由雙親帶著
來到這簡樸的帳蓬
這臨時工作坊
好奇的小眼睛不會放過甚麼
小腦子甚麼也容得下

義務導師是大個子的中年洋漢
帶著微笑　用溫柔的語調
引導著兩歲的小手指
放竹籤　貼膠紙
信心十足的風箏就面世了

不是電子遊戲機
不是尖端的電腦
這輩子她會熱愛
引人入勝的土玩意

自我創造的幻想空間
比宇宙生動而寬敞

【註】組詩《風箏節二題》第二首。

除積草

上次剪草來不及掃
老天爺就連續下了半個月
不大不小的悶雨
趁今天風微雨細
很想了卻這樁心事

穿起膠長靴　戴起手套
輕輕鬆鬆
走出許久沒有親近的後園

清除正在發霉生苔的積草
像替自己做面部潔膚一樣
好讓冬雪　給塗上潤膚霜

明年春到
煥發另一個嬌嫩的容顏

2001年深秋，加拿大。

Removing Lawn Clippings

Mei-yuk Lo

Translated by Paul Lo

Didn't have time to clean up last time
after mowing the lawn
and it has been raining for half a month
only drizzles, boring drizzles
today is a nice day with light breeze and shower
and I can do what I've been longing to do

With a light heart I put on
a pair of rain boots and gloves
and go out to the backyard
which I have neglected for quite some time

Removing piles of mossy lawn clippings
is like cleaning up my face
let the winter snow cover it
like treating it with facial lotion

When spring comes next year
let there be a fresh young look of renewed growth

掃落葉

用一把鐵耙
收拾春夏的殘局

櫻樹的葉　繡球花的葉
白樺的葉　日本楓的葉
隔鄰吹過來的巨大的加拿大楓葉
還有不知哪裡吹來的橡葉
和所有不知名字的落葉

像大大小小的手掌
或者像戴了手套的手掌
我用鐵耙這一隻多指的大手去收集
又用我戴了手套的手捧起
這最後的握手

落葉呵　落葉
感謝你們
為我撐起
蓬勃的春季和茂盛的夏季

2001年深秋，加拿大。

Clean Up the Fallen Leaves

Mei-yuk Lo

Translated by Paul Lo

Using a metal rake
I clean up the unsightly botanic mess
since spring and summer is over

leaves from the cherry trees
and the big-leaf hydrangea
and the birch
and the small Japanese maples
let alone the large Canadian maple leaves
blown over from the neighbors
as well the oak leaves and other nameless leaves
who knows where they come from

They look like hands of varying sizes
or hands wearing gloves
I use the metal rake like a multi-fingered hand
to collect them all
I then carry them with my gloved hands
and give them a last handshake

Oh   fallen leaves
I thank you all
for bearing witness to
a vigorous spring
and a flourishing summer

2001 late autumn, Canada

牆上的常春藤
——懷友人周聰玲

呵　是甚麼時候長出來的
這可愛的常春藤

在最後一朵紅玫瑰的身旁
頑強的莖和葉
悄悄攀上
心想的高處

在將要到來的那一個嚴冬
你每天帶給我
春天即將到來的消息

2001年深秋，加拿大。

Ivy on the Wall

By Anna Mei-yuk Lo
Translated by Jan Walls

Ha! When did it start climbing,
this lovely evergreen ivy?

Right beside the last red rose,
tenacious stems and leaves
scale discreetly
to the heights they have in mind.

During the winter chill that is on its way
you will bring me every day
the news that spring is coming too.

一代一代的白樺

汽車駛進空空的停車場
禽鳥在河岸生活得自由自在
遠處點綴著幾株白樺樹
天生有高貴的書卷味

這一株白樺翻起了白樹皮
啊　原來只是白色的燈柱
白漆乾裂剝落
人類建造的文明物會長久嗎？

真正的白樺一代一代的延續
在依伴著大地
在呼吸
在調節著空氣呢

【註】組詩《橋港混聲小唱》，是與韓牧合作的男女混聲合唱，各
寫詩三首，這是其中一首。

2002年2月20日。

Generations of White Birch Trees

By Anna Mei-yuk Lo

Translated by Jan Walls

The car turns into an empty parking lot
where birds live carefree by the riverbank.
Several white birch trees adorn the distance.
There are indeed such things as naturally noble works.

One white birch is reversing its bark...
Ah, no, it's just a lamppost,
white paint parched and split, now peeling off.
Can man-made civilization last for long?

The continuity of the real white birch, generation after generation,
depends on treating the earth as a companion,
depends on breathing
in harmony with the air.

餵鴨後

我們走上了碼頭
一群群喧鬧的鴨家族
緩慢地爬上沙灘
又緩慢地下水
一面遊玩一面吃喝

一個歐裔女郎神情輕鬆
攜來一紙袋的玉米粒
撒下河中
氣氛登時熱鬧起來了
鴨兒吱吱喳喳
遠處的聽見了也匆匆地趕來爭吃

她看了一陣子
便坐到長凳上
打開書本來看
原來不是野生動物的圖譜
是電腦書

【註】組詩《橋港混聲小唱》其中一首。

綠色的紀念碑

眼前的矮石圍牆
圍住了甚麼東西？

從牆罅窺視
是電箱電錶之類吧
常春藤的綠葉密佈著
像一個綠色的紀念碑

商場越來越破落
但這綠色的紀念碑越來越壯大
悼念著「橋港商場」

【註】組詩《橋港混聲小唱》其中一首。

享受清涼

雨粉
落在後園

大大小小的花朵
紛紛仰起臉兒
享受淋浴

雨點
落在後園

家貓全神貫注
舔地上的積水
突然猛力搖頭
他不知道
是簷滴　滴在他的頭頂

小雨
落在後園

落在你我的臉上
你說：回屋裡去吧

我回頭看你：
我要陪他多留一會
享受清涼

2002年11月，加拿大三虎居。

後記：這首詩寫成後數天，即11月9日凌晨，家貓不幸因病去世。

四月一日黃昏的隕星

2003年4月1日愚人節黃昏，香港歌影視明星張國榮跳樓自盡，真因成謎，大眾惋惜。韓牧與勞美玉各有感受，各成詩三首合成此一組詩。以下三首是勞所寫。

1

上天賦予你動人的才華
我們欣賞你的眼神　你的沉默
你投入角色忘了自己無法自拔
啊　我們也無法自拔

這是一個現代的傳奇：
一生追求完美的你
不經意地
用獨特的中性的鼻音
締造了　又慰藉著
千萬個青色的年華
啊　誰捨得天邊的明星？

2

香港紅磡體育館的舞台上

半空中飄蕩的旋律
瀟灑浪漫如不羈的風

在你王子般高貴的生命
透出與生俱來的
溫柔和親切

半生風風雨雨的糾纏
內心的情愛仍未熄滅
你就斷然放下俗世塵緣

3

天啊　誰能代替
令人暈眩的這張俊臉
四十六載流金歲月
給我們最好的作品
百份之百投入藝術
百份之百投入戲劇的人生

歌韻陪伴著我們：
「願做你的俘虜」
「誰能代替你地位？」
「風繼續吹」……

重聚
——給鍾綿珍同學

要由一九六七年夏等到二零零六年秋
無言的四十個春夏秋冬溜走了
在北美西岸一个年青的小城
我們見面了
四十年才見的第一面

在香港唯一的官立女子英文中學
一班南中國的女青年中
身量較高的我常要坐到後排
前排是个子較矮皮膚黝黑
活潑開朗友善的鍾綿珍

此刻在這一個清涼的黃昏
藍天白雲透露著金光
一隊隊加拿大雁接續起飛
妳用數碼相機不停地
企圖捕捉天上的人字

可惜雁陣分秒在變
一時鬆散了
一時又堆成一團

是不是有些幼雁在接受訓練？

妳說妳小時的志願是投考建築系
我帶你看菲沙河畔的芬蘭泥沼
加西海岸僅存的
一百年前芬蘭漁民的高腳木屋
妳拍攝了已棄用的小學校舍
陸上的小舟　屋上的單車
掛滿屋簷的各種殘舊的靴子
牆上畫滿一排排向上跳的青蛙
用天然彎曲的木材建成的小亭
破邊的竹杆引導雨水
妳又愛和居民甚至小狗老貓攀談

在有百年歷史的 London Heritage Farm
愛花的妳教我辨別繁多的花卉
看自然挺立的百年老梨樹果實纍纍
香果落滿一地
大批小蜜蜂吸吮著甜汁
這壯觀的生生不息
妳說要拍下帶回香港給媽媽看
遠方來客陶醉在久違的野趣中

妳細意採摘了幾條紫藍的薰衣草
紮成一個香包送給我
它將在未來的歲月

用淡淡的幽香
在我不意之間
重現這一段溫馨

2006年8月29日於加拿大美思廬。

秋夜聽曲浮想

晚風起了
今晚涼快多了
不是加穿了一件淺紫的外衣嗎？

屋子裡　聽著綿綿軟軟的樂曲
從前流行到現在
似有似無　塑造了童年的夢
樂音如清澈的溪水流淌
送回來年青時僅有的溫柔

微風陣陣吹來
美麗的白天鵝何時回來？
歡樂在空中盤旋？

淡黃的燈光下
韻律像漣漪一圈圈散開　又返回
浪漫的情緒在心中產生

想起兩天前的細雨
一隻碩大的白天鵝　浮在河上
毫不費力的轉身
有空請來欣賞牠雍容悠閑的美吧

那首加了白砂糖的藍調
時而憂怨　時而濺起大大小小的浪花
帶著醉人的元素

夜深了　靜得出奇
我突然注意起自己的存在
每一下呼吸　每一下心跳
一閃而過的靈感

記得嗎？　我說：十月
炫目而嫵媚的金色不再
因為瓷白的銀光
從月亮灑滿天上　人間

在淺橙色的燈光下
嚐一口淺橙色的
透著甜光爽脆的哈密瓜
綠中帶黃的瓜皮
佈滿皺皺線紋

口中的哈密瓜　不來自哈密
來自南美洲還是中美洲？
謝謝蒼生

2006年10月，加拿大美思廬。

Thoughts Arising with Music on an Autumn Night

By Anna Mei-yuk Lo

Translated by Jan Walls

The evening breeze
feels much cooler tonight
which explains my light purple jacket

Indoors, listening to soft unbroken strains of music
from old pop to current
between what is and what isn't, childhood dreams portrayed,
tones like the flowing of limpid mountain streams
bringing back a softness known only in youth

The gentle breeze comes in puffs
When will the beautiful white swan return
and joy make circles in the sky?

Under the pale lamplight
rhythms scatter like circular ripples then come back
as romantic thoughts emerge in the mind

Recalling the drizzle a couple of days ago
a large white swan was floating on the river
effortlessly turning this way and that
you're welcome to come and enjoy its graceful, carefree beauty
The blue tune is sprinkled with white sugar
now grievous, now splattering spray from waves greater and smaller
with elements of intoxication

Late into the night, in the strange stillness,
I suddenly become aware of my own presence
every breath, every heartbeat
inspiration flashing by

Remember what I said? October
is dizzying enchanting gold no more
for a ceramic white glow
from the moon is spread over heaven and earth

By the pale orange lamplight
try a bite of the pale orange glow
of sweet crisp Hami melon
yellowish green rind
covered with wrinkled lines

This mouthful of Hami melon doesn't come from Hami

but from South or maybe Central America?

Thanks to the colorless common folk

艷陽

雪　暴風雪
沉沉壓住　南方的土地

阻斷了
千千萬萬遊子回家過年的路

無情的冰雪
冷卻不了　人的熱情

一個又一個的城市說
請留下來吧
放心
這裡也是你們的家

冰天雪地的南方
艷陽重現

2008年2月，農曆除夕。

乍晴

陰天　乍晴
有點點冷落

鳥兒熟睡未起
風沒有約它們來

土地沒有喃喃自語
浮雲映出慈祥的晨天

靈魂找回安靜
不去想昨日的地啞天聾

2008年。

Sudden Clearing

By Lo Mei-yuk

Translated by Jan Walls

A cloudy day -- suddenly it clears
And feels a little desolate

Birds aren't up yet, still fast asleep,
and the wind has made no date with them

The land hasn't started mumbling to itself,
passing clouds light up the benevolent morning sky

Souls have retrieved their peace,
with no more thought of yesterdays unheeding world.

一閃流星

洗好晚餐用過的碗碟
很想去看天　看月　看星

醉人的淡淡的晚空
如鄰家少女的粉臉
只有那金光燦燦的金星

過不久
第二顆較小的星也現銀光了
遠處的小星星也閃動著呢

啊　我們看到一彎黃黃的鉤月
漸漸的向西沉
今天是七月初五　九時半過了
他說要回家取車
趕去三里外的海堤
在月落海面之前

天幕轉黑
鉤月慢慢變紅變暗
我倆坐在海隄的木板凳上

仰首觀看星空
是獵戶座嗎

乍見頭上低空一團刺眼的白光
是一顆很大的流星拖一條白尾
一瞬即逝
快快快許個願望

腦筋來不及想
只感到善良的心
許的總是好的願望
五十尺白尾的流星這一個美景
瞬間消失在茫茫宇宙中

2008年8月5日，農曆七月初五。

The Flash of a Shooting Star

By Lo Mei-yuk

Translated by Jan Walls

Dinner dishes washed and put away
we really want to go outside to see the sky, watch the moon and stars

Intoxicating pale evening sky
like the powdered face of the girl next door
nothing but the golden light of Venus

Then before long
a second, smaller star reveals its silver light
and little stars from far away are twinkling too

Ah, then we notice a yellow crescent moon
sinking towards the west
it's the 5th day of the 7th moon, half past nine already
we must go back and get the car, he says,
and drive to the seawall three miles away
before the moon sinks into the sea

The heavenly blanket darkens
the crescent moon gradually reddens then darkens too,
we sit on a bench on the seawall
looking up at the starlit sky
is that Orion up there?

Then suddenly just above us we see a ball of dazzling white light
a huge meteor pulling a white tail
and it was gone in a flash
quick, quick, make a wish

We didn't even have time to think
we could only sense kind feelings
and make nice wishes
the beautiful scene of a shooting star with a 50 foot long tail
in the blink of an eye had disappeared into cosmic vastness

August 5, 2008（5th day of the 7th moon on the lunar calendar）

瑞典的九月天

向根德堡的航海者揮手
向海浪揮手　揮動雙手

我們的國家不同
但是　同樣喜愛
瑞典設計的生活用品
有同樣的擺放在屋裡的家具

九月到了
氣溫一直下降
這個海洋城市
冷得發抖

市中心豎立吉利的銅像
街道鋪上大石
店舖靜靜　開門做生意

女郎打扮很自然
一頭黑髮到肩
穿上黑衣　黑長褲
一雙高雅的黑皮鞋
她的執著　她的素質

她的時代感
慣了這新世紀
迎風而來的變調
給她的動力和方向

女郎隨著公務而來
她踏上手工砌成的大街
小石　大石都散發著典雅
她也留意那些十分好看的
滿是鵝卵石的拱橋
不能不讀出景物的優秀調和

不急忙　有一列長的電車
輾過地上的黃葉
腳踏車知道秋的腳步近了
是誰透露了秋的感受？

女郎隨著的那一陣海風
會是古帆船需要依賴的季候風嗎？
信是與眾不同的
生命的旋律
是隱然操縱命運的風

屬於城市的
幸運的女郎
隱然的風一陣

正好把在瑞典出差的女郎
悠然地送回家

2008年7月21日。

告別黎伯
（黎紹聰）

冬日天空佈滿厚厚的灰雲
偶然落下幾滴雨點
親友送別溫哥華唐人街市長黎伯

晚上　電視新聞看了關於他的報導
想到明天　會翻日報尋覓

2009年。

Farewell to Uncle Lai
(Lai Siu-Chung)

By Lo Mei-yuk

Translated by Jan Walls

Blanketed by thick grey clouds under a winter sky,
now and then a few drops of rain fall down
as friends and relatives bid farewell to Uncle Lai,
 Mayor of Vancouver's Chinatown.

This evening we watched his report on TV
and tomorrow we will likely look for it
flipping through the daily news.

楓葉的轉變

寒風吹來
楓葉變換成新鮮的紅
爭先恐後

那些趕不上的
好像還不認輸
勉強先變成淺綠
再慢慢變成鵝黃

甚麼時候能夠變紅呢？
寒風正要把它們吹到地上了

2015年。

Transformation of Maple Leaves

By Lo Mei-yuk

Translated by Jan Walls

A chill wind blows in

and maple leaves race with each other transform

into a bright fresh red

Those that can't keep up

seem unwilling to admit defeat

barely making it to a paler green at first

then slowly changing to light yellow

Will they be able to reach red

before the chill wind blows them down to the ground ?

微笑之國

椰子樹在微雲下微笑
棕櫚樹在微雲下微笑

搖曳的曼陀羅花
在微風中微笑
文靜的蓮花
微笑在微波上

只要你看他一眼
誰都會向你微笑

歡容　寬容
萬物對萬物寬容
在泰國
在這佛的國度

2017年12月，曼谷。

The Kingdom of Smiles

By Anna Mei-yuk Lo

Translated by Jan Walls

Coconut trees show wispy smiles beneath wispy clouds,
palm trees show wispy smiles beneath wispy clouds.

Swaying mandala flowers
show wispy smiles in the wispy breeze,
gentle lotus blossoms
smile on wispy ripples.

If you give them just a glance,
everyone will give you back a smile.

Happy faces accepting faces,
everything happily accepting everything else
in Thailand,
this realm of the Buddha.

Bangkok, December, 2017

ประเทศแห่งรอยยิ้ม
〈微笑之國〉泰文譯

เหล่าเหมายกยู้ผู้ประพันธ
ศิริพรเก้าเฮียนผู้แปล

รอยยิ้มอ่อนอ่อนของต้นมะพร้าวใต้เมฆบางบาง
รอยยิ้มอ่อนอ่อนของต้นปาล์มใต้เมฆบางบาง

ดอกลำโพงแกว่งไปมา
รอยยิ้มอ่อนอ่อนใต้สายลมเบาเบา
ดอกบัวทีอ่อนโยน
รอยยิ้มอ่อนอ่อนใต้คลืนเบาเบา

เพียงแค่คุณมองมาทีเขาสักนิด
ทุกคนจะส่งรอยยิ้มให้กับคุณ

ใบหน้าทีมีความสุขจิตใจทีโอบอ้อมอารี
สรรพสิงต่างโอบอ้อมอารีซึงกันและกัน
ทีประเทศไทย
ในประเทศพุทธศาสนาแห่งนี

เดือนธันวาคมปี 2560 กรุงเทพมหานคร

一月的炊煙

今年的一月　　就如往年
處處冰天雪地
如夢中仙境

嚴寒中
見遠處炊煙　　升起
消失在　　濛濛的高空

靜悄悄的清晨
我只有一連串的耳鳴
奇怪沒有雀鳥在門外吱喳

勾起我重聽鄧麗君的衷情：
『又見炊煙升起，
暮色罩大地，……』

我隱隱看到
滿天瑰麗的彩雲
伴著金燦燦的夕陽

我頓時感到自己如輕煙升起

追隨著歌聲　溶入
寧靜的宇宙中

2018年1月29日，加拿大，溫哥華。

January Cooking Smoke

By Mei-yuk Lo

Translation by Yvonne L. Walls and Jan W. Walls

This January just like those before
ice and snow everywhere
a fairy land in a dream.

In the bitter cold
I see distant cooking smoke rising up
disappearing vaguely into the sky.

In the early morning stillness
I have endless tinnitus
strange no birds chirping outside.

Again I seem to hear Teresa Teng opening up her heart:
"Again I see the cooking smoke arise
as evening envelops the land······"

Vaguely I can see
splendid colorful clouds
accompanying the golden setting sun.

Suddenly I seem to be rising like the smoke

following the song dissolving into

the silence of the universe.

January 29, 2018. Vancouver, Canada

華欣小詩兩首

八十年的歷史

在老詩人向海的小室
三位「八十後」興高采烈
大家搶著講話

我坐在一旁靜聽
悲歡交集的
三段八十年的歷史

華欣的長灘

赤足走在沙灘上
沙灘上印上我們的足印

一人騎白馬迎面而來
馬蹄無聲　印上一串馬足印

潮漲了
浪聲中足印消失

2018年11月22日，在泰國華欣。

鄧麗君星

隱隱於浩淼銀河
新發現一顆小銀星
是一顆小行星
沒有名字

它不停地運轉
一閃一閃　閃著銀光
為紀念一代藝人
給它一個美麗名字：
『鄧麗君星』

啊　這可愛的小銀星
讓千萬歌迷
欣賞她優美的歌聲
神遊宇宙

2020年3月，加拿大西岸。

春日的記憶

一列十幾棵日本櫻樹
立在路旁的青草地上
年年盛開的粉紅花
同一時間綻放

二十天後
我回到這裡
令人驚詫
櫻花全部不見了
青草地上鋪滿了
厚厚的落瓣

陣陣冷風吹來
小雨點打在我的頭上
留下春日難忘的記憶

2020年4月5日。

零思碎想

雪花兒飛

下雪了
地上是白白的一片
天上是渾厚灰灰的一片

雪花兒是銀的

很輕
越下越大
是靜靜的

不同的美

下雪鋪蓋的地方
和天上的白雲
含層次不同的美啊

夏日寒風

夏日寒風
是一首名曲？

西岸沿海享受著仲夏的清涼，
令我想起夏威夷了。

美麗的時光停住！
這些咳嗽和炎症快快過去吧！

無花果樹的命運

散步常常見到好幾棵無花果樹。
這兩天，大如手掌的葉片之間，
青青的果實長大得很快。
一棵高度有九呎的，它的主人，已賣屋搬走，
此樹的命運也就令我擔心了，
一旦折建，很多植物會被堆土機鏟除
這美麗又美妙的一切
只留在我的腦海裡成為昔日的光華！

長流的石澗

自然而成的白望石澗，發出水聲淙淙，從大嶼中部崇山蜿蜒而下，
流經白望村入海；匆匆流過一個又一個世紀。它會永恆不變，會長
流不息嗎？
我們的生命短促，不能證明些甚麼。佛教以平常心感慨地說，永恆
是沒有的。理性的科學家也難免痛心地推論，地球也有毀滅的一
天。永恆只是一個良好的願望吧。

第二輯　英詩。譯詩

All in one night the weather gets mild

two delicate Mei- trees from East Asia

delight me with lovely velvet-crimson blossoms

quietly announce Spring has come

I am looking forward for the first swallow to arrive

Spring comes to VanDusen Gardens in Vancouver

Meiyuk Anna Lo

I am loitering in the botanical garden at noon
I think the fountain is a pleasure in life
plus the sunlight and the magic of glancing rainbow
plus the crisp wind and the vivid blue sky
all the lovely things indeed are lovely splendid gifts to me

I see a pair of mallards paddling swiftly toward me
cute and tame as wild ducks could possibly be
Oh   mallards like to listen to my voice
do not mind to stay a little while more

All in one night the weather gets mild
two delicate Mei- trees from East Asia
delight me with lovely velvet-crimson blossoms
quietly announce Spring has come
I am looking forward for the first swallow to arrive

March 21st, 2007

春天降臨溫哥華溫德森花園

勞美玉　作
韓牧　譯

中午我在植物園中閒逛
噴泉是生活中的趣味
加上陽光中乍現的彩虹
加上清風和鮮明的藍天
這些可愛的東西是精美的禮物

一對綠頭鴨飛快地向我划來
可愛而溫馴
啊　牠們似乎要聆聽我的聲音
應該多留些時間了

一夜之間天氣回暖
兩株從東亞移來的優雅的梅樹
用天鵝絨深紅色的花取悅我
悄悄宣佈春天來臨
我盼望著第一隻燕子的到來

2007年3月21日。

暑假・日出

John Patrick　原作

勞美玉。韓牧　合譯

暑假

陽光在空氣中
沿街舞蹈，
與夏日的微風
相遇在街角。

孩子們盡情玩耍
在灰燼石的路面，
奔跑的腳步敲打著
音樂歡快的節拍。

六月裡奇妙的日子
撩撥起已淡忘的思潮，
有壯麗活潑的曲調；
那渴望中的夢想。

日出

今天太陽
小心翼翼地上來，
慢吞吞的
匍匐過大地的邊緣，
好像不能確定
世界需要
另一天。

再次確定之後，
它加快速度
攀上天空，
著色於整個地平面，
紅的　金的　藍的；
新的光明的大地
再一次溫暖起來。

1990年2月譯。

【譯後記】偶見加拿大詩人約翰。帕特里克的詩集《Poems》，
（Intermedia Press Ltd. Vancouver, B.C. 1980），其中不乏天趣。試
譯幾首，介紹給《加華文學》的讀者。

家中。某些東西

John Patrick　原作

勞美玉。韓牧　合譯

家中

屋子南邊
我房間的窗下，
紅的白的玫瑰
爬上了土牆，
開花
在玻璃上。

這樣，
夏季的微風
撩動它們前後擺動，
又輕拍它們的頭
到窗玻璃上。
點頭又招手
向窗內的我們。

然後，
當時間來臨，
它們落下了
花瓣，
紅的白的，
躺下和捲曲
在窗台下。

某些東西

外邊，
遠離那岩石，
沙嘴
滑下消失
在潮漲的
海下面，
是盡處，
絕對的
最後的
地的盡處，
再沒有甚麼。

外邊，
在那岩石旁邊，

一個老人坐在
陽光中休息，
暖他的老骨頭。
他注視著
大海吞噬
陸地最後之處，
他知道
那不是盡處，
不是絕對的
最後的盡處。
那裡仍然有某些東西。

1990年2月譯。

星夜
——前衛十四行

盧因　原作

勞美玉　譯

你屬那陰鬱的　　稀奇古怪　　黃色天空廣闊的邊際
雖然淡白　　配上製乳場相關的名字　　牛奶天河
我能找到你　　在塵世這角落　　那麼容易　　更
無需電郵　　網址　　入線　　隨身電話　　或任何其他高科技
那就是　　你的家　　獵戶座下角閃爍的天狼星　　但你已經
搬家　　你曾告訴我　　因你　　不喜歡我
煩擾你　　打亂你的眼神　　問你那陰濕的
愚蠢的問題　　常常　　即使你發狂　　我仍知道
何處輕易找到你　　就像霎眼　　但今夜無計　　因
我的心跳　　突然　　加速　　當我躺臥在
青綠後園的草地上　　我明白了　　你傳來了訊號
於是大叫一聲　　向那暗淡的星夜　　問　　十億？
噢不不　　隔鄰的老人　　立刻怒罵怪我是
見財化水的蠢豬　　他這麼想不奇　　看來已知道　　我謝絕了
大批美金　　自天堂

【原註】〈星夜〉是最偉大的後印象派大師梵高1889年的作品。他
是基督教牧師之子，曾為傳道人，發現自己的繪畫天才後，放棄神

學，又與一妓女同居。1890年飲彈自盡，時年三十七歲，生前賣畫寥寥無幾；但今天，他的畫每幅能賣數百萬美元了。

【譯者按】此詩屬組詩《Two New Science Poems》中的第一首。

Starry Night[*]

Paul Lo

Sonnet avant-garde

You belong to that vast side of the yellow   curious yellow sky
though its colour is pale white   with a dairy-farm-like name Milkyway
I can find you   this corner of our secular world   so easy that I
need no e-mail   website   on-line   cell phone or any other high-tech stuff
there it is   your home   beneath Orion the shining Sirius   but you have
moved   as you have told me before   because you disliked me
bothering you and disturbing your look   asking you those yellow
and stupid questions   often   even if you are mad   I still know
where to find you easily   like   twinkling eyes   but I fail tonight as
my heartbeat   suddenly strikes   very fast   while I lie down on the lawn
of my green backyard   I understand   you are sending me signals
so I shout aloud   to the dim night star   with words   1 billion?   Oh no no
all at once   the neighbouring   old man swears at me   and blames me dumb
no wonder must he think   as if he knew I have declined lots of   US bucks
from heaven

* Painting in 1889 by Vincent Van Gogh, the greatest Post Impressionist
   master. Son of Protestant minister and once a preacher himself, but

gave up after finding his talent was in painting, not theology, and lived together with a prostitute.

By the time he shot himself and died in 1890 at the age of 37, his paintings sold only a few. However, today they sell for millions of dollars each.

祝你好運

盧因　原作

勞美玉　譯

那邊坐一個矮的　　毫不顯眼的傢伙　　宛如
大理石雕像　　自始至終　　他雙目緊閉　　如
默禱　　當我踏入來　　躲進　　萬頭攢動的　　俗世
人叢中　　已感到　　空氣異味四溢　　矮子立刻
昂首　　朝天發放　　反物質宇宙射線　　只有我
才能接上　　真是　　難耐劇震　　警告　　要我閉嘴

和他迎面而坐的　　卻是另一　　厚臉皮渾蛋
常常自吹自噓　　賭桌上　　從來大殺四方　　這
渾蛋　　表情大異其趣　　面笑　　手又揮
向　　眼前人山人海　　先開口問　　老兄今回
押大注　　到底大成怎樣？　　跟著點點頭　　他
明白了　　大得像頭頂　　遙遠星雲的　　島宇宙

你一定瘋了　　或醉了　　這地球的　　可憐蟲
（我對自己說　　可是　　腦筋失靈）
為何這般　　游目四顧　　這般自信　　自傲
你以為　　是天生的　　大賭徒　　天才的　　大賭家？
（我欲開聲高叫　　卻合攏　　不敢張口）

你那裡　　是他對手　　那裡是　　我身後遠處
傳來了　　女聲的　　呢喃自語　　此刻我
仍懷疑　　何以當時　　聽得那麼清楚　　那麼快捷

渾蛋肯定不知道　　永不知道　　他對手　　矮子
原來是　　五千光年外　　圍繞　　大熊座老家
運行的　　類木星異客　　人啊人　　異星客　　能
閱讀你的腦袋　　彷如閱讀　　電子小說　　也能
預見　　萬事萬物　　你未　　動念之先　　異星人
早已　　預知了　　這奧理　　可沒誰通曉

渾蛋朝著　　陽光下　　虛茫縹緲的空間　　再笑
一回　　異星人　　反而　　像全身麻木　　呆滯僵坐
我　　看著這渾蛋　　狂妄自大的表情　　還能作甚麼
除了　　苦心一片　　向他打手語　　老鄉　　祝你好運

【譯者按】此詩屬組詩《Two New Science Poems》中的第二首。

Wishing You Good Luck

There sits the short   unnoticeable   guy   similar to a   marble statuette
He closes his eyes   all the time   like in silent prayer
but I smell out   the air is strange   when I come in
hiding   amongst   a galaxy of earthlings   immediately he looks up
beaming on me   with anti-matter cosmic ray   only I get through
quite a shock it is   and warning me   to keep my mouth shut

sitting opposite to him   is another guy   who always brags unblushingly
with winning streak never   a loser   on casino tables
acts completely different   hand waving   faces smiling
to the huge sea of worldly folk   how large the   amount you take up at
stake?
he asks first then nods   to show that   he knows it will be
as big as   the nebulous   island-universe   up there his head above

You must be mad or drunk   poor man   of this earth
(I say to myself yet my mind does not work)
why look around   so confident   so proud   do you
think you are   a heaven-made gambler   a genius?
(I wish I could speak   but my mouth   dare not open)
you are no match for him   no match   a lady   murmuring

from somewhere   far behind me   which I still doubt
how can I   hear it   so quickly and clearly

certainly he never understands   his opponent   the short guy
is ET   from a jovial star   jiggling here and there
by the side   of Ursa Major   his mother home
5,000 light years away   alas man   ET can read your brain
like reading e-novel   and sees   everything ahead
whatever you think   this is a truth   nobody knows

he smiles   once more   to the emptiness   of sunshine
while ET is likely   in an insensitive mood   on seeing such
an exaggerated   expression   I can do nothing except
send him my hand-language   wishing you   in heart   good luck

When I walk seven steps along the lotus pond

By Han Mu

Translated by Lo Mei-yuk

1

In rouge colour
the multi-petal sun
has risen above the water surface

The new lotus opens
under thick layers of dark green cloud
with leaf veins in pretentious gestures
its brilliant rays radiating

2

Pearls large and small in size
round or not round in shape
sliding over the plate of jade

listen to that sound of Pipa
those drizzles showering

Plates large and small in size
round or not round in shape
gliding on fur-coated glass
so soft and tender

3

Tongues of fire enrolling
one after another forming
blossom flowers of frozen flame

Smoke meandering upward
in the wind and spreading
the fragrance from the lotus

4

Lots of narrow leaves in yellow
scattering on the water surface
with colours of dusk

and the lotus leaves
curling and waiting
in the deep dark shadow
looking after by the midday sun

5

She says:
the small white sampan
stations on the green lake

he says:
the white tablespoon
floats on the green bean paste

I say:
the fallen petal of the white lotus flower
sleeps on the duckweed pond
it also carries the lonesome duckweed

6

All companions have withered
looking yonder
towards where the summer is fading away

Alas this last piece of lotus leaf
Not dried up yet
has become a memory of them all

7

The death
of the lotus seedpods
shows image of multi-eyed skeletons

However the lotus seeds
fallen beside the seedpods
are on their way to a new life

蓮池七步

韓牧

1

胭脂色
那多瓣的太陽
已升起自水面

初放
在暗綠的雲層下
葉脈在冒充著
它輻射的光芒

2

大珠小珠
圓的不圓的珠
滑動在玉盤

聽聽那琵琶聲
那微雨

大盤小盤
圓的不圓的盤
滑動在柔軟的毛玻璃

3

火舌包捲著火舌
一朵凝固的火焰

煙
將裊裊升起
蓮香

4

這許多飄落在水面的
狹長的黃葉
有黃昏的顏色

捲而待舒那蓮葉
有濃黑的影
正午的太陽照顧著

5

她說：
白色小舟停在綠湖上

他說：
白色湯匙放在綠豆沙上

我說：
白蓮落瓣浮在浮萍上
它卻又承載著
孤獨的浮萍

6

所有的同伴都已枯萎
翹望
夏天遠去的方向

唯一不敗的蓮葉
成為同伴們的回憶

7

那些蓮蓬的
死亡
示我以多眼窩的髑髏

而蓮子
落在它們的腳畔
已經萌生

1987年。

第三輯　散文

社會風氣的轉變，也在PNE顯現出來。
我為大眾日漸遠離大自然而只趨機電可惜；
感官刺激增加，卻失去了深度和創作力。

請救救街樹

　　從香港移民到溫哥華十幾年了，今年應該是最熱的一年，在室內也常常要穿短袖衫、短褲。外子從香港帶來的薄線襪、薄尼龍襪，從沒有機會穿，今年也可以拿出來應用了。

　　這個夏天，是溫哥華五十二年來雨量最少的，卑詩省的山林大火百多處仍在燃燒中。水庫蓄水量下降，當局也限制用水，不准用自動灑水器和沒有彈簧調節的水管去淋灑、清洗，以免浪費水源。

　　今天報上看到一個消息，說列治文市的街樹，將有三百棵要枯死，作為列市居民，我嚇了一跳。列市這幾年綠化得很好，大街、小街，新植了很多街樹，雖然花了市政府不少金錢和人力，但我們得到更佳的環境。

　　據列市公園局統計，全市共有街樹三萬九千七百棵。如果枯死三百棵，也就是枯死百分之一了。市政府認為水庫蓄水量減少，所以不推動市民協助拯救街樹的措施。

　　我覺得三百棵街樹也不是便宜的，要清理、重新培植也花不少資源，何況水的供應並未到嚴重的階段，每個家庭、商戶，應該像剷雪一樣，負責他們門前的街樹，用水桶灌澆，不讓它們枯死，既保護了環境，也省卻不少金錢。

　　請市民同心協力，救救街樹。

2003年。

從蜜蜂想到的

晚飯後，到家居附近散步，見到鄰居用作圍欄的灌木間，有一隻隻不同品種的蜜蜂，胖的、瘦的、黃的、黑的、黃黑條紋的，在忙碌飛舞。那裡只有葉沒有花，真不知道牠們忙些甚麼。

回到家裡，找到宋代詩人范成大的一首有關蜜蜂的詩，用毛筆寫成小條幅，掛在書房的牆上：

> 靜看簷蛛結網低，無端妨礙小蟲飛；
> 蜻蜓倒掛蜂兒窘，催喚山童為解圍。

在我屋前屋後，也常會看到蜘蛛網。詩中對八百多年前中國大陸農村的描述，在北美這城市也有近似的情景。十年前搬家到這裡，就一直觀察，卻沒有見過蜻蜓、蜜蜂或者蝴蝶落網，有的只是小飛蛾、小蚊子之類。也許這裡天氣寒冷，蜘蛛的體型較小，蛛絲也較弱吧。

幼承庭訓，對不妨礙人的昆蟲，如蜘蛛、螞蟻，不要趕盡殺絕，比較尊重自然界本身的規律。上一兩代的長者，不是人人能上中學大學，甚至是完全沒有受教育的文盲。但他們能從生活上歷練出仁慈和智慧，並且傳給後代。我一直不想養金魚、熱帶魚；雖然很欣賞牠們的美態，但卻為牠們失去自由而惋惜。畢竟太被寵愛，付出的代價是一生的自由啊！

2003年。

粗種粗生的玫瑰

溫哥華的氣候很適合種玫瑰，只要有陽光，花兒就會長得很大，足有四、五寸直徑。

我家種了兩株，分別為有持久濃濃香氣的黃玫瑰和紅面白底的雙色玫瑰。把黃玫瑰插在瓶中，不用水，多天以後，慢慢乾萎，除去枝葉，將花瓣攤開，讓其風乾；喜歡的時候，可以湊近欣賞它的花香。

去年七月，住在滿地可三十年、年近八十的舅母葉翠文和她的大兒子鄭湯表弟來溫哥華探訪親友，住在她的老朋友「梁先生」家中。這梁先生竟然是位老太太，是湯表弟小學一年級時的班主任。不幸是她的老伴不久前過世了。她的個性十分堅強，生活很有規律。

一天我們正準備開車接舅母去飲茶，見前園的紅白雙色玫瑰，正長得又大又好看，於是剪了十多朵，順便送給梁先生。這些絕不貴重的禮物，卻獲得衷心的感謝。

她急忙拿出丈夫生前手造的陶器花瓶來，把花插好，既欣賞花，又遙念先人。在場的舅母，連聲說滿地可不易見到這樣大而鮮麗的玫瑰花。

我亦曾在滿地可居住，知道這不是客氣話。我家的玫瑰，只是幾年前從朋友處剪下插枝而生成，粗種粗生，甚少除草施肥，卻比每年西方情人節時充斥市面的、像工業品一樣的玫瑰，自然而強壯，生氣勃勃。

2003年。

高雅的芭蕾

　　餐後常常散步到附近的小公園去，那裡有兒童遊玩的設施，兒童活力充沛，天真活潑，我觀察到他們時常會不自覺地提起腳跟。回想我小時候，也常用足尖站起，模仿從漂亮的音樂盒子裡走出來的那個小姑娘的動作，雙手高舉，腳上繫上一對粉紅芭蕾鞋，穿一襲粉紅紗裙，隨著浪漫的旋律轉身，從此就愛看芭蕾舞。

　　多年前到紐約，也把握機會看了《天鵝湖》。每次聽柴可夫斯基這首著名樂曲，我都受優美的樂音感動，渾然忘我，進入幻想的境界。我深入思考，似乎高雅的芭蕾是與幻想分不開的，整個氣氛也變得朦朧了。

　　芭蕾原是歐洲古典舞劇，十七世紀形成於法國。十九世紀初，創造了足尖技巧，早年漢譯為「足尖舞」。

　　傳統芭蕾可分為意大利、法國和俄羅斯學派。最近，有幸觀看吳祖捷青年芭蕾舞團的演出，很感動。吳氏夫婦二十多年來為加拿大培養了不少國際著名舞團爭相聘請的出色舞蹈人才，他們的女兒Chan Hon更是加拿大國家芭蕾舞團的主要舞星。當晚節目包括古典及現代芭蕾。

　　還有取材自蒙古舞的《雪山雄鷹》、舞姿豪邁而氣氛淒迷。吳氏創作的《大地》，主題深厚廣闊，有歷史感，更選用了加拿大電影《紅提琴》的配樂，是一次文化融合。溫哥華每年聖誕節期間，都會上演經典芭蕾舞劇《胡桃夾子》，這劇適合兒童觀看，希望家長們到時把握機會，讓下一代接受一下高雅藝術

的薰陶。

2003年

清幽不再

　　記得十五年前從香港移居到列治文，不熟悉環境，看到地圖上有一個公園名為Minoru Park，就在鬧市之中。駕著新買的汽車到附近打圈，卻見不到它的蹤影，不知經過多少時日，才偶然找到入口。

　　它不像一般公園，遠遠就見到一大片綠色的山丘或者草地、林木，它也沒有大門口、沒有招牌。其實它隱藏在繁盛的「西敏寺路」、列治文醫院、Gateway劇院、Minoru運動場之間，從各個方向都可以進入。它隱蔽，因而清幽。

　　這公園外圍有喬木、灌木，中心是一個曲曲折折的湖，湖畔植垂柳和春櫻，湖面有紅色黃色的睡蓮。野鴨子、加拿大雁在生育、生活，蒼鷺、鴿子、燕子、松鼠也在此棲息。人造流瀑旁邊用紅、白二色小花砌成加拿大國旗，玫瑰、杜鵑、繡球、山茱萸和一些叫不出名字的奇花、野花，都是悉心培植的。又有小橋流水，清幽雅致。

　　兩年沒有進園了，今天再訪，草木變得粗大濃密，花少了。最感失望的是湖水混濁如溝渠水，遊人不理長期豎立的「不得餵鳥，以免助長鼠患」的告示，隨處是餅屑、廢紙、花生殼，鴨群野兔追人討食。遊人說國語的、滬語的、台語的、粵語的，絕大多數是華裔同胞，列治文十三年前從「鎮」升格為「市」，目前人口十六萬，華裔佔百分之四十五，相信是中國境外華人比例最多的城市。此情此景，我的親切感變成羞慚感了。

　　2004年。

朱自清〈背影〉的風波

　　讀報知道湖北省教育當局，曾把朱自清的著名散文〈背影〉，從中學教材中剔除，後來因為家長反對而作罷。記得約四十年前，我讀女子初中的年代，就是從中文課本認識一個個名作家。在新學年開課前，我懷著興奮的心情購買課本，急不及待翻翻目錄，瀏覽自己能看懂的文章，〈背影〉就是那時見到的。

　　它淺白、細膩又有張力，即時產生了共鳴，留下永不磨滅的印象。據報道，教材編委會認為「學生用的教材應由學生說了算」，其實初中生對教育有多少認識呢？小孩子不愛吃蔬果，只愛吃漢堡包、薯片，就讓他們自己決定嗎？剔除的理由據說是「文章中的父親不遵守交通規則，不瀟灑」，如果這樣說，小貓跌落水井中，跳下去拯救也是不對的，因為會污染食水。

　　「父親」蹣跚的攀過月台買橘子，正顯出對兒子深深的愛。記得大學者季羨林也寫過一篇〈讀朱自清「背影」〉，文章中引他的「先師陳寅恪先生」和饒宗頤教授「這兩位哲人」的話，說明中國文化凝聚是靠「綱紀」。文章結尾說：「讀朱自清先生的〈背影〉就應該把眼光放遠，遠到齊家、治國、平天下，然後才能真正體會到這篇名文所蘊涵的真精神。」看來教育當局太忽視德育了。

　　2004年。

蘇格蘭垂耳貓

十一年前秋天（1993）搬進這個獨立屋，地方寬大。偶然在列治文的Parker Place商場見到一家寵物店，賣狗的，但有兩隻小貓寄賣，一隻黑白短毛的正在用舌頭溫情的舔那黃色長毛波斯貓的面，我很喜歡那隻黑白毛的，想買下來，外子在旁說：你要準備服侍牠十五、六年的。

終於買了，是雄性的，四個月大。回家細看出生證書，又到圖書館借來貓書，知道他是當年六月一日出生於美國一個育種場，父母有名有姓，是個名種，叫「蘇格蘭垂耳種」。這品種1960年代初才在蘇格蘭發現，第一隻是母貓，不久因車禍死去，可幸留下了下一代。這品種特點是耳朵下垂。垂耳的狗不少，貓就只有這個新種了。但不是這個種每隻貓都垂耳，是兩隻中有一隻。祖家是蘇格蘭，我們就給他取名叫Scott。好在他不是垂耳的，否則，也許覺得他太怪而不喜歡他，也不會買他了。

據資料，垂耳的貓，一百多年前出現過一隻，是一位英國海員從中國帶回祖家飼養的。現在的「蘇格蘭垂耳種」，是不是這貓的後裔呢？又據中文資料，二百多年前，中國的宮廷裡，也曾養過垂耳的貓，給妃嬪玩的。這樣看來，中國不但出產過兩種宮廷狗：北京狗和西施狗，也出產過這一種宮廷貓了。我們的Scott仔在2002年11月9日因腎衰竭逝世，年僅九歲，我們很傷心。以前看資料，知道這品種其中一個特點是到老死都保持小貓好玩的性情，那是短壽的暗示嗎？

2004年。

貓的友誼

家貓Scott早逝，朋友勸我倆再養一隻。我們想到：如果牠先我們而去，我們要再次承受這種傷感；相反，又不知誰來照顧牠了。我家大廳門楣上有木刻匾額《三虎居》，是外子寫的甲骨文，匾上行草小字：「主人主婦均肖虎，家貓亦虎子也。」現在好像名不副實了。但Scott之靈，是永居於此的。

我家位於俗稱「鎖匙圈」的環狀小巷的最盡處，背後又是另一個「鎖匙圈」，因而約與三十戶「鄰居」可以對望。這一帶有不少人家養貓，經常出沒的也有十隻八隻，這種小巷沒有外來的車和人，小孩子可以隨意在街上追逐玩耍，打冰球，貓兒也可以隨意閒蕩。

貓的性格不同，有的高傲，有的害羞，有的兇惡，有的熱情。Scott沉靜，但對朋友很選擇。一隻麻色虎紋的貓，很年輕，對所有的貓和人都要主動接近，但Scott一見牠走近前園，一定奮起驅逐。我們在Scott面前，也不敢和這「小麻子」太接近，以免引起妒忌。Scott對另一隻面上有黑斑的黑白貓，我們叫牠「花面貓」的，有好感，感情複雜到難以理解。

2004年。

貓的精神戀愛

貓的祖先在戶外生活、覓食，所以貓有強烈的「地盤」觀念。家貓一般以主人的庭園為其範圍，雄貓地盤最大，閹割了的小些，雌貓又小些。強者隨時擴張領土，用便溺、體臭來宣示領土主權，因此貓兒常常要到室外巡邏，看看有無入侵者來過。

家貓Scott見到那隻對任何貓任何人都熱情接近的「小麻子」，一定即時驅逐，但對另一隻黑白的「花面貓」，感情就複雜得很。

「花面貓」很喜歡Scott，也許因為Scott很美：毛色黑白、清純健康、頭圓、面圓、嘴短、眼大、眼藍色；身形飽滿、大小適中、尾粗大、不太長。Scott確是家居附近所見十多二十隻貓中，外形最漂亮、氣質最高雅的。

「花面貓」與別的貓打鬥起來很兇猛，一定是勝利者。牠常常來找Scott，甚至冬天、雪天、天還沒亮，就在後園小窗下等，一往情深。不過，兩者從沒有身體接觸，一般是在草地上相距約八尺各自靜坐，Scott若無其事，甚至眼尾也不望牠一下。「花面貓」跳到圍欄上，Scott也會跳上去，也是距離八尺，可以相對或不相對的呆坐一兩個小時，互相不發一聲。我也不知道「花面貓」是雄是雌，更不知道牠知否Scott是閹割了的雄貓。這是柏拉圖的精神戀愛吧。

2004年。

家貓之敵

　　貓的可愛處，除了有個性、不服從外，是兇猛時可以兇猛得像虎豹，而撒嬌時那種媚態，是任何動物都比不上的。我家的Scott生性溫文，打鬥起來肯定是吃虧的。可幸他生得肥壯，好像打起來也不弱的樣子。而且樣貌、身形、毛色，都很漂亮，相信也會「惹貓憐愛」。附近的貓兒都沒有欺負他，有的還很喜歡他，只有一隻例外，是虎紋的，瘦小卻兇狠，就叫牠「瘦虎」吧。

　　「瘦虎」家在後街，天天到處惹事生非。我們曾見牠欺負過附近許多貓兒，而且逢打必勝。一次牠來我後園欺負Scott，一輪爭鬥，我們把牠趕走，草地上遺下許多撮白毛，那是Scott的，我們很心痛。我家後園的玻璃窗上，我們開了一個小洞，日間打開，讓Scott隨時自由出入。一次我在樓上，靜寂中聽到異聲，原來是「瘦虎」居然登堂入室，偷偷走上樓上來挑釁。外子一時氣憤，說要把牠誘捕，從列治文放逐到本拿比的中央公園的叢林，為社區除害。不久，「瘦虎」真的失了蹤，不知是甚麼原因。

　　Scott這一生中最大的一次驚恐，是某個夏日在前園午睡時，一隻黑色的大狗經過，掙脫了主人的繩子，向他衝來，Scott驚起，跳越圍欄，爬上鄰居的一棵楓樹上。我們用梯子要把他接下來，他很久都不敢移動，是驚恐過度了。

2004年。

羊肉、馬肉、駱駝肉

今年秋天我去遊了絲綢之路，雖然去的是旅遊區，但很多方面，如衛生條件等，仍然是意外的落後。不過，大西北我是第一次去，感到很新鮮。

回教地區不吃豬，愛吃羊。最隆重一次是從北京飛抵新疆首府烏魯木齊第一晚的「烤全羊」宴。（當地土話，這地名像用廣東話唸「烏魯吾齊」）。那隻烤羊跪在木桌上推出來，頭綁紅絲帶裝飾，口銜生菜，全身烤成咖啡色。據說是先餓牠兩天，再餵藥材、調味料。其實很殘忍，有幾位團友聽了，看了，寧可不吃。

自助早餐見到一種切了片的肉，味道不錯，但不像羊肉，原來是馬肉。後來在機場見到有燻馬肉賣，是哈薩克族傳統營養食品，據說是選用新疆精馬肉，用天然香料，經傳統工藝製成。是真空包裝，再用錫紙袋密封。外袋大字寫明：「如發現內袋脹氣，嚴禁銷售或食用！」看來對衛生很注意。常溫下保質期八個月。每包人民幣二十元，重半磅。開袋，原來馬肉切成乒乓球大小，筋腱竟比牛腱更細密，因為此肉細而不粗，味道也很可口，很值得買。另外有「烤駱駝肉」，經過鹵、燻、烤工序，價錢與馬肉相若。雖然肉質粗糙，但機會難得，也值得試一試。

2004年。

一個豐富的下午

　　聖誕節前的那一個星期六下午，我與老伴收拾好幾袋不再穿著的舊衣服，準備捐到救世軍收集站去。車出第一路，見到一隻白毛「西施」種小狗迷途亂跑。身在車中愛莫能助。但很為牠擔心。車過Minoru路，見「愛護動物協會」的舊物店，改變主意，把舊衣服捐給它。

　　接著到列治文市文化中心，參加我們的「中國書畫學會」會員聯展開幕禮。共三十五人參展，展場是寬大的演講廳，有點空蕩蕩的感覺。幸好有何汝楫、金康麗、譚乃超的水彩、油畫，用畫架放置場中，又有幾幅比較大書法掛在高牆上：劉渭賢的章草、元恩佩的大篆條幅、盧勁純的行書中堂、何思撝的甲骨文巨聯「民為貴；國乃昌」。茶會食物精美豐富，大家自在閒談。

　　再到列治文市政府大樓參加「Winter Wonderland」音樂會，免費入場，歡迎捐贈罐頭給食物庫。我倆預先在家裡收拾好一袋罐頭帶去捐出。座位約八十個，滿座，站著的人不少。由卑詩音樂教師聯會列治文分會、派學生表演鋼琴、小提琴，學生大多是華裔。又由「溫馨合唱團」演唱中國、意大利民歌、歐西流行老歌及聖誕歌。團員多為中、老年人，與觀眾合唱，氣氛熱烈而溫馨。

　　2005年。

溫哥華植物園

溫哥華市區內有一個VanDusen植物園，在Oak街夾三十七街處，頗具規模。我倆許多年前已是「家庭會員」了，園中也常常見到美國、亞洲的遊客、旅行團，但和本地朋友談起，他們許多沒有進去過。

一些新移民未曾知道；一些舊移民嫌入場費貴，要四、五元。實在的，士丹利公園、女皇公園也有許多花木，都免費入園。不過，像我們家庭會員，年費不過四、五十元，可以無限次入園，一年內若遊園四、五次，已經值回。以後就是「賺」來的了。植物園奇花異木繁多，都標出名字、簡介。有用地區分的，如北美、地中海、亞洲及加拿大傳統園等。

又有分類種植，如「冬青園」、「銀杏園」、「楓園」、「牡丹園」、「紅木園」等。「杜鵑徑」在開花時節多彩壯觀，是誰都會驚嘆的。植物園中有池塘、浮橋、人工瀑布、植物迷宮等，雖然地處市區，但因林木森森，有不少野鳥，如加拿大雁、天鵝、蒼鷺等，甚至小型野獸，如紅狐、草原狼等。草坪處處散置了各國名家雕塑，又有溫室、圖書館、餐廳、小賣部。十多年來我們進園無數次了，但每次都會發現從未見過的花草和樹木，很值得向大家介紹。

2005年。

英式下午茶

我一直生活在英國殖民地香港，接受英文教育，卻沒有喝英式下午茶的習慣。舅母葉翠文中年從香港移居蒙特利爾，前幾年特地與舅父來溫哥華，目的是到省府維多利亞古式古香的Empress Hotel喝傳統高級英式下午茶。她年青時留學英國，是香港第一位物理治療師。

年前，藝友趙行芳得到本那比市視覺藝術館的邀請，展覽國畫，在古雅的Ceperley House舉行。我和外子觀展後，趁這機會在那裡喝了一次英式下午茶；聽東、西方少年的室樂四重奏。趙的夫婿王曾才教授，原台大文學院長，青年時留學英國劍橋大學。蒙賢伉儷邀請到府喝英式下午茶，可惜我倆一直未暇。

列治文市五年前開了家名為"Meloty"的店，專門供應英式下午茶。最近有後輩從北京回美國，經過這裡，眾親戚拉了大隊去開開眼界。地方典雅，音樂柔和，氣氛慵懶，窗外金陽下一片綠色的野趣，是休息、談心絕佳處所。壁櫃展覽大量精美茶具，主要是茶杯和碟子，每套價格在180到200多加元之間，另外有一個櫃子專門放客人的私家茶杯，標示姓名。

茶有很多選擇，除了熱飲，也有冷飲的，還有用火一直溫著的果子茶、香草茶。店裡特製的蛋糕、餅食，都很精美，英式鬆餅竟然有鹹的。

外子笑著說：英式下午茶的茶具，名貴易碎，打破要賠，是用來訓練紳士淑女的吧。

2005年。

長椅上的懷念

家住列治文市，常常到菲沙河的河隄上散步，隄上有不少長木椅，椅背有紀念先人的小銅牌。這種設置雖然到處都有，但我發覺這裡僅一公里左右的一段，小銅牌的內容豐富，除了姓名和日期，還有心底話、詩句、諺語以至造像：

「潮退，潮漲，懷念是恆久的，它越久越烈。」「當你休息，我們的心用各種方式說Hello，對你的懷念常在。」「你倆的仁慈溫柔的靈魂，感動許多人。」「我們在這裡渡過短暫卻美好的時光。」「微風與靜海中，親愛的家人懷念你。」「當我們再見，來坐一會兒，一同尋夢去。」「來，與我同坐，在幻想中。」「他愛水和天。」

有一些是記事的：「某某船長1958年成功抵達列治文。」「在菲沙河當漁民五十年，1923-1966」，旁邊鑄有一條三文魚造像。「Willow，使你快樂的小徑。」旁邊鑄有一個狗頭，垂耳的，大概Willow是牠的名字。「紀念Terra Nova先鋒Gordon家族，1886年到達。」「給我一魚，可吃一天；教我捕魚，可吃一生。」是諺語了。

有些心底話比較特別的：「二十五年一起實習仁慈的坦率。」「親愛的爸媽，你們為陪我而到這裡來，現在我要離開了，但Franco住得十分近，他可以每天來看你們。愛你們的，卡芙蓮。」兩張並排的長椅，分別是「來與我同坐看日落」，「來與我同坐看星星」，兩個同為十九歲的男孩，同日死，大概是車禍吧？有的小銅牌還鑄有海鷗、飛機、煙斗，相信是生

前至愛了。

　　2005年。

後園來客

　　每隻貓都有地盤。我家的Scott去世後，後園成了真空地帶，
附近的貓不論敵友，都較多來訪，我們很歡迎。

　　貼近後園的一家養了四隻貓：一隻全黑的，很難見到，即
使見到也只是路過。一隻花的，最斯文，但膽小，常常隔著木圍
欄觀望，偶然越界坐到我後園草地上，一見我們發現，立即轉頭
逃跑。一隻全白的，身軀碩大，雖常到後園來，但始終不敢和我
們太接近，也許是我們以前為了保護Scott，趕走過牠。貓兒記性
好，又有骨氣，趕走過牠一次，永遠記得。這隻全白的，很勇猛，
但總不及Scott的精神戀愛對象──前園斜對面鄰居的「花面貓」。

　　「花面貓」常來，每次都見不到Scott，牠一定很失望了。但
還是常來，不論晝夜。牠和白貓相遇，總要打鬥，也許牠為「亡
友」守土。有幾次，午夜，我們被打架聲吵醒，急忙走下後園分
開，總是牠們兩個。「花面貓」的主人最近遷走，對牠，恐怕又
多一重傷心。

　　第四隻是咖啡色長毛挪威森林貓，新養的，與Scott無面緣，
常主動來找我們玩，甚至入屋巡察。夏天到了，主人替牠把長毛
剪光，只剩下頭頸上的鬃毛和尾端的一團，怪模樣，像獅子，我
們就叫牠「獅子」。

　　另一隻全黑，只是頸下胸前有一塊倒三角形的白毛，像「口
水巾」，也偶來後園。我們曾在前街、後街，甚至隔街的果園見
過牠，牠到處流連，不知屬哪一個家庭的。

　　2005年。

倫敦農莊的下午

　　英式下午茶是有魅力的。跟隨親戚去了一次，就想再去。好友從三藩市來訪，正好帶他們去 "Meloty" 見識。事後他們說，嫁到英國的舊友明年會來美探訪，要帶她上來列治文「慵懶」一下。

　　週日下午心血來潮，重遊列治文南隄邊的「倫敦農莊」（London Heritage Farm），它原是十九世紀八十年代本地農業先行者Charles London夫婦及其五個子女的物業，二十世紀七十年代，列治文市政府連農地購得，保存了古蹟文物。居所、農舍、牛房、糧倉、農具、農械、馬車、果樹、玫瑰園等，可以緬懷百多年前農戶的生活。

　　當天恰逢農莊的家庭日，有賣物會，半小時後就閉幕了。我倆匆匆巡看各攤檔，尋找精美的茶杯，因為對英式下午茶開始有了認識和興趣。我選買的一套白底金邊、杯內側及杯碟面上有輕淡的碎花，杯口、碟邊成波浪形，素白的杯身配一條細金邊，很雅緻。僅此一套，是英國Grafton出品。外子所選也是獨一的，黃底繪金色雙龍，滿佈金色松枝松葉，有中國皇族貴氣。起初嫌它俗，但那是英國產品，外國人手筆較特別。這一套更是英國Royal Grafton的Bone China，雖是舊物，卻更難得。十二元而已。

　　走進茶室喝下午茶，這原是舊主人的客廳，壁鐘、鋼琴、瓷茶具、銀食器，都古舊。茶是自調的London Lady Tea，scone，cookie，果醬都是自製的，每客六元，是Meloty的一半價錢，沒

有了精美，卻是一番古舊農家的粗樸。

　　2005年。

深層的探訪

　　夏天是溫哥華最好的季節，也是我們「迎送生涯」的時候，親友從世界各地尤其是亞洲湧來。我家今年迎接了從香港來的平輩、從北京回美國渡假的後輩、從美國自己開車來訪的幾十年老朋友。

　　第一次到溫哥華的，我們就帶他們遊市區、Stanley Park、女皇公園、唐人街以及列治文市的華人商場、漁人碼頭、芬蘭泥沼等。不到Stanley Park，可說是枉到溫哥華；因為世界各大城市市中心之鄰，能夠有一大片原始森林的，相信是溫哥華獨有。列治文華人佔百份之四十五，除了新加坡，應該是中國境外華人比例最多的城市了。華人商場多而具規模，現代化，美食更是馳名，又有高雅的High Tea，而芬蘭泥沼，是加西海岸唯一殘存的百年前芬蘭人的漁村，高腳的屋舍很有特色，像香港的大澳。

　　這些年親友來訪，總是遊名勝古蹟，品嚐各種美食，卻未及傾談心事。今年我們銳意改善，與來訪的平輩，討論由於大家同時進入老年、都變得頑固暴戾，以致影響家庭及兄弟和睦的問題；對下一兩輩，關心他們因旅居異地而產生教育上的缺憾；與老友互相傾吐自己心儀的終老之地，落地生根於北美，還是落葉歸根於中國。自己的選擇，也應參考別人逆耳的意見。這樣的探訪和接待，對人對己都有實質的幫助，不是浮淺的而是深層的。

　　2005年。

從PNE看社會風氣轉變

開始於1910年的PNE（太平洋國家展覽會）今年是第九十五屆了，這個每年夏季的盛會，我們在第八十屆就開始參加了，如非特別忙，每年都去一次。社會風氣的轉變，也在PNE顯現出來。我為大眾日漸遠離大自然而只趨機電可惜；感官刺激增加，卻失去了深度和創作力。

以前有伐木比賽，現在用重型越野車載客攀沙丘、輾汽車代替。以前有不少志願團體、福利團體、學術或興趣團體、甚至是騎警、童軍、軍人的攤位，現在全沒有了。以前有卑詩省地理、歷史展覽廳、家居展覽、交通展覽、全省兒童繪畫比賽優勝作品展覽、婦女針織刺繡作品展覽，現在全沒有了。卻增加了像過山車、高空翻滾之類驚險機動遊戲和賭博性遊戲。

以前馬、牛、羊、鴿等展覽很豐富，現在變得聊勝於無。而林木業、漁業的介紹，優雅的歌舞如烏克蘭舞、泰國舞，也見不到了。

最受歡迎的Superdogs，犬隻表演，今年是第二十八屆，年老的主持人Herb Williams，今屆之後就退休了，觀眾排隊請他簽名留念。外子已是耆英，但童心未泯，擠在人群中排隊。記得多年前，看表演之後，獲派贈貓糧樣品，家貓Scott原先是吃美國罐頭「濕糧」的，自此改吃這種加拿大國貨乾糧，一直到逝世，和我們一起愛國。

2005年。

小銅牌的對話

　　這裡的公園、河隄之類讓公眾休憩的地方，往往設有捐贈的木長椅，椅背上釘上紀念逝去親人的小銅牌，上面鑄有先人的名字、生卒日期以及立牌者的名字。後人花一些錢，買椅立牌，方便遊人歇腳小坐，先人、後人、遊人以至政府，都是贏家。

　　前時我小文〈長椅上的懷念〉，寫列治文菲沙河隄上的長椅的小銅牌，有心底話、詩句、諺語和造像，內容豐富。最近，又見到一些新置的，那些有內容的，讓我駐足細讀。

　　有一些標明先人原籍，以前很少見到。標明是愛爾蘭人、蘇格蘭人等，還鑄有愛爾蘭的三葉草、蘇格蘭風笛手的形象。我想到中國人的墓碑，一定刻上原籍，如廣東中山、山東濟南等。有一位1899年生、1994年卒的女士，「從約克郡到溫哥華，她的愛和友誼感動一切。」也說明她所來自。

　　有的話是生者對死者說的：「飛吧，飛吧，可愛的人，你無盡的旅程已經開始了。」旁邊鑄有一架飛機，死者僅四十三歲，是空難嗎？有的話是死者對生者說的：「坐一會兒欣賞風景吧，生命既然太短，不必匆忙度過。」有的話是死者自語：「我的精神釋放了，如河川流入大海。」真有詩意。有的話不知誰對誰說：「為你、我、和我們的守護天使。」

　　2006年。

欣賞詩朗誦有感

最近欣賞了由「加拿大香港華人筆會」在Langara學院演講廳舉行的「加西華文文學作品朗誦欣賞會」，這是我移民到溫哥華十五年來見到的最大型的朗誦會，更附有「知音合唱團」的獨唱、四重唱和合唱，「趙萍舞蹈學院」的舞蹈，節目很是豐富，全場爆滿，觀眾滿意。

詩作方面，有名家如洛夫、瘂弦、余玉書、陳浩泉、韓牧的作品，還有漢學家王健英譯曹雪芹詩。其中洛夫、余玉書、韓牧和王健，更是親自朗誦。其餘的朗誦者，有資深的話劇演員何英瓊；知名的王潔心、施淑儀、曹小莉；曾在台灣朗誦得獎的施政達及幾位最近在本地比賽中得獎的小朋友。有前輩有新進，有專業有業餘，分別來自中、港、台。

朗誦者常帶有所來自地區的習慣朗誦風格：中國大陸的，聲調和動作比較誇張；港、台的，或帶香港校際朗誦比賽的「朗誦腔」，或是平淡而近於「朗讀」。可見各有所愛和各有所不愛。我想，詩朗誦不是「演戲」，也不是「讀書」，若過份了，就會感到「肉麻」或者「接受催眠」。怎樣平衡，值得思考、研究。

外子韓牧描劃先僑的兩首，〈銅竹筒〉和〈簑衣〉，一直找不到代誦者，他只好臨時自習，親自朗誦。他來自港澳，年青時有演話劇、廣播劇和朗誦的訓練和經驗，但詩朗誦還是第一次登台，幸而獲得好評，說是自然、有感情。但他自己和個別好友，都嫌所設計的肢體語言多了些。

2006年。

「台灣文化節」印象

一年一度的「台灣文化節」已辦了幾屆，我一直無緣參加。今夏隨親戚去了一次「萬國廣場」，人山人海，難怪連續幾年被選為溫市最成功的群眾活動。

節目有室內的、室外的，以至海邊的龍舟賽，太豐富了，流連整日也不能全部參予。舞台上有「鴻勝醒獅團」的表演，一雙南獅，不是彩獅，也不是黑獅白獅，竟然是粉藍、粉紅的；麒麟攀杆是特別的。高雄的「樹德儀隊」的少女們，熟練的跳槍、拋槍、轉槍，雖是北美文化，但在此地也少見。阿美族的「呇互」（Kakeng），是鼻笛、膜笛、排笛，罕見的竹製樂器演奏；演員們與觀眾圍圈牽手跳起舞來。「十鼓擊樂團」令人振奮。世界上許多民族都有鼓樂，我想，有志的鼓樂家可以發掘古代中國西南夷的銅鼓藝術，創新組成第一個「銅鼓樂團」，一定新人耳目。「慈濟功德會」的手語歌，以及新竹的「如紅國樂團」的中西樂器與客家歌謠融合，都很新鮮。台式龍舟以奪得錦旗者為勝，正是古風的、也是著名廣東音樂的「賽龍奪錦」。

芭比娃娃和傳統造紙，早已停產，卻被有心人轉化為歷史文化承傳，令人感動。其它如盤栽展、花燈展、科學館等，看之不盡。美食區和商業區，都很熱鬧。

2006年。

壯麗和野趣

在溫哥華要看花，不一定要到公園去。春夏時，除了民居的前後花園，滿街是花樹：櫻、山茱萸、七葉樹等。街道當中或兩旁，有市政府栽種的水仙、鬱金香、罌粟、三色堇、小杜鵑等等，草本、木本，一年生、多年生，奼紫嫣紅。

花，實在太多了，來加多年也看膩了。從愛看春花轉移到欣賞秋樹。樹葉變色、脫落，主幹和繁枝的脈絡甚至枝椏上的鳥巢，逐漸顯露，加上漸寒的氣溫和冷風，那種莊嚴壯麗而帶悲劇性的大氣魄，不是嬌豔輕浮的春花能比擬的。

這裡的公園，除了人工植樹栽花的一種外，有一種「自然公園」，基本上不加人工，盡量保留自然生態的原貌，我們也常去，領略野趣。居住的列治文市，西敏寺公路中段有一個「列治文自然公園」，原是一片天然的白樺林，保留了池塘，有水生動植物、野鳥、小獸、野樹野花。它鋪砌了木板小徑，設有兒童室，放置了鳥獸標本，用遊戲幫助兒童從外形、鳴聲、足跡去認識，以至瞭解蜂、螞蟻、蜥蜴、蜻蜓、野菇的生態。

前幾年，國際機場增開了第三條跑道，影響附近的野生動物，聯邦政府在菲沙河堤中段，開闢了一片三百多畝的荒地，作為「自然區」，使禿鷹、紅尾鷹、野鴨等八十多種野鳥，多一個居停的處所。記得我們曾在自然區內木板小徑旁的小河溝，第一次見到了水獺。

2006年。

記貓展

看到英文報紙的消息，說有一個貓展要舉行，地點在蘭里市府（Langley Civic Centre）。我們在十年前從公寓搬到獨立屋，地方寬大了，於是開始養貓，也好紓解生活壓力，但從來沒有看過貓展。蘭里離我們居住的烈治文市約六十公里，許多年沒有開長途，超過一小時，在我們也算是長途了。研究地圖後，決定前往。

入場費每人五元，長者及小童三元。先看場刊及參觀者守則，原來這個貓展是由Cat Fanciers of British Columbia主辦的，本省這個貓會，隸屬世界第二大的貓會The International Cat Association。參觀守則也不少，例如：除獲貓主同意外，不得接觸貓兒，因為貓兒會經人類互相傳染疾病。接觸貓兒前必須洗手、消毒。不可有突然動作。小孩勿跑跳、吵鬧。不可進入此賽裁判區與裁判交談。當聽到 "Cat Out！"，貓兒逃脫，勿捕捉，由貓主處理。如接近門口，請即關門。當聽到「貓兒捉到了！」才可走動。

展場分四個部份，評選區、貓兒居停區、愛護動物會的待收養貓兒區及商戶。商戶包括育種場及售賣貓兒食品、用品的，真是目不暇給。參觀者不少，很熱鬧，但難得見到一個黃面孔中國人，中文傳媒也似乎沒有報導這個展覽會的消息。

2006年。

貓兒的評選

看貓展，主要是看貓兒的評選。評選分七、八個區同時舉行，每個區有十多個鐵絲籠緊靠著，U形排列，中間是一張大桌子，貓兒逐一從籠中取出，評審者坐桌側審視、打分數。審視項目包括頭形、身形、骨格、毛色及光澤、眼、耳、性情等。分名種貓及寵物家貓兩大類，每大類又分為成年貓與小貓，分別評選。混種貓又自成一類。同類中，又有單項比賽，例如同是短毛的相比、同毛色的相比。此外還有新品種的審定、以及已確認的新品種中新出顏色的審定等，項目繁多。

出乎意外，參賽貓兒都表現得十分聽話合作，任由擺佈。也許見慣了大場面，沒有一隻驚恐或害羞的。有一隻大型長毛貓，懶洋洋的不受指揮，伸直手腳，在桌上側臥，斜眼望觀眾，有時又與評判對視，引來觀眾的笑聲。牠像是眾人的大明星，只想自己放鬆任人欣賞，其他都不理了。

貓兒有主人呵護，看來都十分滿足。會場中也極少聽到貓叫聲，出乎意料的靜。「行宮」顏色配搭都美如少女的睡房，甚至有花邊的帳幔，有風扇驅暑。

我從旁觀察，感到「貓似主人形」，瘦長的暹羅貓的主人，常是高瘦的；肥胖的長毛波斯貓的主人，也不論男女，常是較肥胖的。

2006年。

貓的品種

最近看了一次貓展。展場中品種不少，卻見不到我們家貓的品種：蘇格蘭垂耳種（Scottish Fold），不知何故，是太罕有嗎？場中最多的是名叫Bengal的新種，特徵是全身豹紋、雲石紋。原本是野貓，與多個品種混育成家貓。其次，是名叫Bombay的品種，是黑色的緬甸貓與美國短毛貓混種而成，取前者的純黑毛色及後者好看的頭形。

有幾種比較特別：Maine Coon原生於美國東北部，體形特大，相當於一般貓的兩倍，毛長尾粗。Russian Blue毛黑，眼是綠的。Cornish Rex的毛甚短，卻是波浪形，像電了髮一樣。

有一貓用品公司，懸有一張大海報，顯示世界各國五十多個主要貓種，我們正想買一張，原來是贈品。回到家裡裝框掛在客廳「三虎居」，隨時欣賞。

貓的品種以美國、英國最多，各有十多種。緬甸、泰國各有四、五種。中國沒有。日本有一種，叫Japanese Bobtail，尾成球形。加拿大有一種，名Sphynx，毛極稀，像沒有毛似的，頭小耳大，醜怪。垂耳貓除了Scottish Fold外，英國有一新種，名Highland Fold，而美國的American Curl是唯一反耳的。

2006年。

鄰居那一隻可愛的貓

清晨我到後園淋水，鄰居的貓Shadow，牠的樣貌似是屬於Norwegian Forest Cat，挪威森林貓，披有一身淺灰黃色柔軟的長毛，這貓的膽子不算小，牠聽到水聲，輕輕地穿過木圍欄跑過來，躲避在旁邊，面向著我，悠閒地坐在地上等我。

如果牠的主人沒有把牠關起來的話，牠差不多每天都來我們家玩。我去家居不遠的公園散步，牠亦跟我走上一段路。但牠從不會跟我到公園，因為害怕那裡的狗。我回程路過，這貓老遠就跑來迎我，牠認定了我是屬於牠的一個忠誠的朋友。

這是上天賜給我倆的緣份，我有如此懂性可愛的朋友、牠有我這友善可親的朋友。以前我們養過一隻蘇格蘭垂耳種貓，毛色是黑白的，名叫Scott，我們每次遠行外地，留下牠單獨守在家裡，實在很擔心牠會過於寂寞的。Scott不愛喝水，易得腎病，只活到九歲，就長眠在後園的地下。

現在，我們每次都放好清水和好吃的貓糧給Shadow，與牠和善的陌生人，牠都容許給人抱在懷裡。牠覺得抱夠了，就會「掙扎」跳回地下。貓最愛梳毛的，如果我不太忙的話，都會替牠全身梳毛的。

2008年7月16日。

我平凡的人生

　　我的記憶力只是一般，至於感性及悟性，我覺得還是可以的。這要多謝上天的賜予。

　　三、四歲時在澳門，患了「百日咳」，病情嚴重。幸好外婆羅瓊芳寸步不離，日夜照顧，安慰我脆弱的心靈，免除恐懼，挽救了我弱小的性命。七、八歲時，我們全家搬到香港。外婆有一個特別慈愛的心，對一切生靈。在她和外公的照顧下，家裡的天台曾飼養過不少種類的動物，如貓、狗、雞、鴨、鵝、鴿子、鸚鵡、金魚、熱帶魚、烏龜、蠶蟲等，使我得到不少樂趣，還增加了愛心。

　　外婆每天都聽粵曲，我不知不覺聽熟了，漸漸產生興趣。我的母親梁一琴，很喜歡鋼琴的聲音，這和她的名字有沒有甚麼關係呢？不知道。她不會彈琴，但給我學彈鋼琴的機會；那時我八歲。同班四十多位同學中，我是唯一的。能夠從小透過音樂來陶冶性情，我是幸運的。現在回憶起來，這也是孝順母親的表現。也因此，和小朋友們追逐喧嘩的歡樂時光就減少了。

　　記得八歲那年，大人帶我回廣東順德探親，當時很熱，要到混濁的河塘浸水消暑。回港後小腿紅腫脹大，轉到骨科，證實是骨膜炎。抗生素吃了超過半年也不見效，最後入瑪麗醫院做手術，兒科病床等不到，也不能拖了，只有入住成人病房，全身麻醉。次晨清醒，覺得傷口膨脹，掀被查看，原來傷口滲出大量血水，我和護士都被驚嚇了。後來打了一隻很大的石膏腳出院，半年後才拆開。我小學四年級時，大部份日子不能上課，後來找了位補習老師幫我趕進度。

回想起來，因為有醫院的經歷，才讓我不怕入醫院工作，冥冥中讓我勇敢地成為病房中的「白衣天使」。

　　我本不是沉靜的，因童年體弱，限制了我活潑好動的表現，只有在家看看書，因而養成了愛好閱讀的習慣，也啟發了思考，使我終生受用不盡。

　　青少年時期，讀的雖然是英文書院，所謂的「番書女」，但對中國古典文學很感興趣。我讀中一時，1962年，香港大會堂剛剛建成，我經常擠出僅有的時間，到那裡的演講室，聽「學海書樓」潘小磐等老師宿儒的國學講座。又常到香港大會堂的圖書館看書。那時香港每年都舉辦「校際音樂及朗誦節」，我就讀的是「官立庇理羅士女子英文書院」，有百多年的歷史，我有幸被選為中文及英文朗誦隊的成員，獨誦和集誦。我離校多年之後，仍有極大的興趣，不忘抽空去捧場。

　　「雅麗氏何妙齡那打素醫院」建於1887年，歷史悠久。我接受護理教育的學院，是附屬於它的，始於1893年，是香港歷史上第一所。我在學時，院長是Dr.Edward Hamilton Paterson，護士長陳永嫻，舍監鄭展煊。學院以「矜憫為懷」為院訓，學風嚴正，我們勤樸忙碌，沒有多少閒暇，但我常常抽空到大會堂的展覽廳、音樂廳、劇院，參觀展覽和欣賞演出，都是獨來獨往的。由小時候的練鋼琴開始，連帶引起對各種藝術的興趣，形成自己注重精神生活的習慣。香港是個華洋雜處的地方，我有幸接觸到世界各國的文學和藝術，從中吸收養份，這不能不感謝英殖民地時期的香港。

　　1980年聖誕節黃昏，在好友家中偶然認識了韓牧，五年後，他成了我的丈夫。他引導我用已有的對文學和藝術的修養，走上文學創作之路。

1989年12月，我們移民到加拿大列治文。1993年搬家，從公寓樓改住獨立屋，有前後花園，有了充足的空間。三個月大的小貓Scott，就成為我倆家庭的成員。他是蘇格蘭垂耳種，毛色黑白，藍眼睛。因為我倆同樣肖虎，加上小貓，家居就命名為「三虎居」了。他陪伴我倆，直到他病逝，「三虎」渡過了九年溫馨愉快的時光。

　　我希望自己能夠保持一顆童稚的心，將生活上的一些所見所聞，厚積的感情，化為漢字的記載。漢字是世界上我最愛的文字，它已溶入我的血液中，不可分離了。文學創作不但能使當時的自己的精神得到抒發，也能在將來的日子，喚醒我曾經有過、也許已經淡忘的思緒。正如我的詩〈香港飛溫哥華途中〉的末句：「讓本來平凡的人生，有點不平凡。」

　　2006年8月，寫於加拿大「三虎居」。

五個韓國女子

1

　　記得四年前，我們「加拿大華裔作家協會」二十五週年會慶時，在西門菲沙大學（SFU），開了一次「華文文學國際研討會」，是第九次了，邀請了幾位學者來，韓國的朴宰雨教授是其中一位。開會之後，一起宴會、遊覽。就是那次認識了朴教授。

　　今年九月，韓國有兩個學術研討會要開：一個是在慶州東國大學校的「韓中文化論壇」，一個是在首爾韓國外國語大學校的「世界華文文學」。韓牧和我都得到朴教授的推薦參加，真是又意外又榮幸了，太開心了！

　　過去我們「加華作協」主辦的研討會，每次邀請國外學者來，我們一定到機場接機的，我倆以為韓國也一樣。臨出發前兩三天才知道，因為海外嘉賓太多，無法安排接機，要自己從仁川機場到首爾他們訂好的酒店。

　　我們幾年前也去過一次韓國，只是跟旅行團，鴨仔團，交通是完全陌生的。幸虧主辦方的金善雅教授一次一次不厭其煩的用電郵詳細告訴我們。又說：韓國的司機是不懂英文、中文的，只懂韓文。於是，我們就在電腦上把韓文的酒店名稱、地址放得大大的，一人一份，小心放在銀包裡。如果失了，就不知如何了！

2

　　我要談的第一個韓國女子，在中青年之間，是在溫哥華飛首爾的飛機上認識的。她與丈夫，帶了兩個兒子、一個女兒，約在兩歲到七歲之間。她還懷了孕。她的丈夫是個白種人，好像不會說英語，除了一兩個如「謝謝」的單字。韓牧說他們要生那麼多的孩子，也許不是歐美人，是中東人。

　　韓牧愛拍攝，坐飛機一定要坐窗口位。托旅行社買機票時，那個很有經驗的女職員建議我們說，一排三個座位，ABC，A是窗口，C是路口，你們就訂A和C吧。當中的B，人家不願意要的，你們兩個人可以佔三個座位了。萬一滿座，B的有人買了，見你們是夫婦，也一定願意對調的。

　　果然沒有滿座，那韓國女子一家五人，佔了我倆前一排的三個座位，其餘兩個在離得很遠的地方。反正有空位，我也坐到附近，好讓韓牧有三個座位，可以躺著、臥著。

　　正當韓牧對著窗口拍攝雲海，我見到那韓國女子抱著她的一個睡著了的小兒子，示意要求BC兩個空位給她兒子躺著睡，韓牧同意，其實也不得不同意。此後他不能躺睡了。

　　下機前，我向她請教如何乘機場巴士到首爾，她的英語很流利，說正好她們也要乘坐這種車，可以幫助我們。到了機場，人頭湧湧，她熱情的帶我們買票，指示我們應該排哪一條龍上車。如果沒有她的幫助，真不知道買甚麼票，上甚麼車了。她一家五口不是到首爾的，說是要去鄉下，我想一定是回娘家了。韓牧正要給她個名片，以後可以聯絡，但一轉眼，他們就消失在人堆中了。

3

　　現在要說三個中學女生了。我倆因為韓國之後要到台灣，然後回香港探親，又帶了幾十本自己的書準備送人，行李很多，一人三件，每人揹一件，拖兩件。

　　首爾市區到了，下車了，我倆要坐「的士」到酒店，但那裡是巴士的站頭，「的士」不能停，怎麼辦？向哪裡走呢？哪裡有「的士」呢？有三個中學女生，在等巴士的樣子，問她們，她們不會英語，只會尷尬的相視而笑。我們出示韓文的酒店地址，她們看了，商量，其中一個開始打手機。找甚麼呢？打手機有用嗎？溫哥華是打電話電召的，難道首爾也可以嗎？真是不明白。

　　突然，其中一個跑開，原來她見到外面有一輛「的士」駛過，她馬上截停，出示地址。司機點頭，好了！上車了！真感謝她們，沒有她們，不知何時才能到酒店了。

4

　　第五個是「世界華文文學國際學術研討會」主辦方的接待人員，叫沈叡禎的研究生，她跟其它接待我們的老師及別的研究生一樣，熱誠的照顧我們。與她此較密切，是在遊逛熱鬧的明洞時，朴宰雨教授覺得韓牧年紀最大，怕走失，吩咐她專門負責看顧我倆，我倆走到哪，她跟到哪。

　　許多人都去購物，我也知道明洞的名牌貨、高檔貨，比海外的城市便宜，是購物天堂。沈問我，為甚麼不去買東西，我說我們年紀大，嫌家裡東西太多，反而要盡量設法丟掉。她問：是覺

得精神比物質重要嗎？我點頭。

　　經過一條人來人往的擁擠的街，街心兩列都是熟食檔。五花八門。她說，檔主百份之九十都是中國人。我們大開眼界。

　　經過了「物質」，她帶我倆斜斜的向上走，走到「精神」。遠處上方是一座大教堂。韓牧問她是天主教的還是基督教的，她說不知道，韓牧說，看它的形制古老，一定是天主教的。她用手機查，果然。她不知道，韓牧的中學、我的小學，都是天主教學校。那時有一些修女進出，她一聽到我們說「修女」，馬上開手機查。好像她的手機是萬能的，甚麼都可以翻譯，甚麼都可以知道。

　　教堂出來，我們三人坐在路邊的長凳上乘涼、閒談，談得很深入。我們問了她的學習情況，她也把她的課本、習作給我們看，課本是大學編的，課文是當代中國作家的小說。字裡行間密密麻麻的韓文注音、注釋，可知她的用功和困難。是啊，學外文總是困難的。當時剛好有幾個講廣東話的人經過我們面前，他們是香港來的遊客，韓牧立刻把他們叫住，請他們看看韓國學生的課本，知道韓國學生學中文是多麼的用功。他們看後，連聲說「佩服！佩服！」。沈說，她愛阿城的小說，要研究阿城，寫論文。

　　沈小姐（韓牧戲稱她）說，真不知道你們在說甚麼，我說這不是「國語」（普通話），是「廣東話」。韓牧對她說，國語只有四、五聲，廣東話有九聲。是較古的語音，近唐宋。

　　我和韓牧都寫詩，於是問沈小姐有沒有寫詩。她說寫過，以前寫日記，後來覺得太長太麻煩了，就把日記寫得短短的，寫成為詩。我倆聽了，覺得很新鮮，詩是可以這樣產生的，真想看看沈的詩，但即使給我們看，我們也看不懂韓文，要她先作漢

譯才行。

　　談到漢譯，韓牧說，可以和她合作譯韓文詩，她會韓文，韓會漢文，沈講一句，韓寫一句。那是清末民初林琴南的譯法。韓牧還說，譯者聯名時，由沈領頭。沈小姐聽了，高興極了，起初還以為是真的。我想，韓牧連一個韓文字母都不懂，就做翻譯家？不要臉嗎？

　　沈說，有許多話在心中，但用漢語就是寫不出來。我說這是思維的問題，你用韓語來思考，要寫成漢語，腦中要經過一個翻譯的過程，就失真了。應該用漢語去思維。韓牧插話：勞美玉寫英文時：是用英語思維的。她在香港讀的是英文書院，除了一科中文以外，都是用英文授課的，有的女教師還是英國人。沈接著說：「利害啊！」

　　韓牧說，西方有一些漢學家寫的中文，從文字表現看，還是用外語（如英語）思維的。我看過你們韓國教授的中文文章，很純熟、地道，看得出是用漢語思維的。要達致，就要經過一番努力。我們廣東人，思維是廣東話，但寫出來是國語，也是經過翻譯的。不過，我們有另一種思維，即使不會說國語，但因為「國語」的文章看得多了，就會用「國語」思維來寫詩文，心中的發音卻是廣東話的，這種語言，現實世界是不出現的，奇怪嗎？

　　我們問沈，「韓牧」、「勞美玉」在韓語中怎麼讀。沈讀出來，竟然很像廣東話，「韓」的發音像「國語」，「牧」，像廣東話，只是聲調、也就是平仄有點不同。「勞美」兩字一如廣東話。「美」近廣東話「屋」。廣東話發音近唐宋，韓國古代受中國文化影響是無疑的，至今還用漢字。可以想到，韓語很像廣東話，是因為保留了中國的古音。

　　我們又問她，將來想當甚麼，我們以為她會說當教授。出

乎意外，她說要當「同步翻譯」，志氣可不小，要有十分廣闊的知識才成。韓牧說：以你的聰明，加上不斷的努力，是可以成功的，但一定要十分努力。我們等待若干年後，在電視上看到你在韓國政要、甚至韓國總統接待外賓時，你坐在他們的後面。

沈說，有人說她像中國人，新疆的，我覺得她的眉目，好像有白種人血統之故。韓牧對她說，在香港，在加拿大，有人覺得勞美玉像韓國人，沈看了看我，同意。韓牧對她說，他會用韓語來報告新聞。韓牧隨即模仿北韓的嚴肅的女主播好像罵人的語調，三人大笑。我對沈說，他在家裡常常這樣。

韓牧喜歡教人是人人皆知的，尤其是後輩。我見韓牧對沈，像人家教孫女一樣細心，就想到：他中年在香港時鋒芒太露，結果遭一位老詩人壓制，身受其苦，才立志要在老年時，盡量指導、提攜後輩。

2016年9月25日。

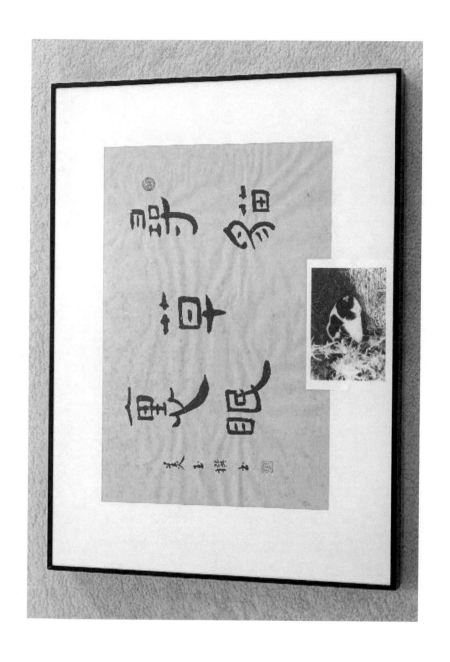

般若波羅蜜多心經

觀自在菩薩行深般若波羅蜜多時照見五蘊皆空度一切苦厄舍利子色不異空空不異色色即是色受想行識亦復如是舍利子是諸法空相不生不滅不垢不淨不增不減是故空中無色無受想行識無眼耳鼻舌身意無色聲香味觸法無眼界乃至無意識界無無明亦無無明盡乃至無老死亦無老死盡無苦集滅道無智亦無得以無所得故菩提薩埵依般若波羅蜜多故心無罣礙無罣礙故無有恐怖遠離顛倒夢想究竟涅槃三世諸佛依般若波羅蜜多故得阿耨多羅三藐三菩提故知般若波羅蜜多是大神咒是大明咒是無上咒是無等等咒能除一切苦真實不虛故說般若波羅蜜多咒即說咒曰揭諦揭諦波羅揭諦波羅僧揭諦菩提薩婆訶

國家圖書館出版品預行編目

勞美玉詩文集 / 勞美玉著. -- 臺北市：獵海人，
2022.07
面；　公分
部分內容中英對照
ISBN 978-626-95657-7-1(平裝)

848.7　　　　　　　　　　111011128

勞美玉詩文集

作　　者／勞美玉
出版策劃／獵海人
製作銷售／秀威資訊科技股份有限公司
　　　　　114 台北市內湖區瑞光路76巷69號2樓
　　　　　電話：+886-2-2796-3638
　　　　　傳真：+886-2-2796-1377
網路訂購／秀威書店：https://store.showwe.tw
　　　　　博客來網路書店：https://www.books.com.tw
　　　　　三民網路書店：https://www.m.sanmin.com.tw
　　　　　讀冊生活：https://www.taaze.tw

出版日期／2022年7月
定　　價／280元